敬斋

当代古典体诗词丛刊

天然韵诗

上

宋红 著

岳麓書社·长沙

序

诗者，孕于礼而成于乐，广于教而约于经，渊源有自而演化无穷，于是成为中华文化之基因，从而使神州被誉为诗之国度。所谓『《诗》亡然后《春秋》作』自非透彻之论，晋人『补亡』无非蛇足，须知《乐》未亡则《诗》何尝亡也。战国辞赋，炎汉乐府，乃至后世箴铭诔赞，类皆《诗》之流亚，何亡之有！『诗三百』比兴传统，复传于史乘，形于寓言，存于文章、戏曲、小说，是知诗魂之渗入中华文化，遍及意识领域，乃流徽千古也。

自魏晋以降，诗演化成文章之一体，作者如林，篇什繁富，至三唐而掀起高潮，享誉四方。李白、杜甫为诗坛立极，成为诗国之风标。唐宋以还，迄于近代，诗人辈出，非独诗人能诗，官人、学人、文人亦多能诗，乃至士农工商，亦不乏能诗者。能诗便成了文化品位的重要标志。一自新中国成立，以为旧体诗律法偏严，不宜在青年中提倡，于是少有作旧体诗者，甚至大学中文系之专业学生，亦多不复能诗。作诗传统近于断绝，文化基因发生变异，虽是时代使然，亦文化之厄闰也。诗歌鉴赏风潮奔涌之时，不能诗者亦挥毫撰文，不知作诗甘苦，而侈谈诗艺，终是隔靴搔痒，不解痒处。『文革』后，格律诗复风行于世，由于传统曾经黄杨厄闰，有狂者无视格律建成于中古语音，而欲以新近语音改革诗律，不知此举将使旧体格律诗毁于一旦。余所编《袖珍诗韵》自序乃提出『平仄宜严，韵部可宽』主张，指入声字派入平声者，亦当作仄，保持格律传统。自唐宋至于民元，作格律诗者，莫不如此，岂可悍然摇而撼之也。

天然斋主人于诗别有悟性，耽于诗趣。于『诗三百』既已熟读，复多背诵，其文化积淀，多含诗之基因，故其治古典文学，实发端于诗也；唐诗三百，亦其所沉醉者也，因尽其精力探索汉语诗律，而后按律作诗，才思敏捷，时有嘉什，咏猫咪之五古，咏华山之排律，为诗坛所盛赞。其后出国旅游，国内考察，复得江山之助，诗囊日丰，居然选编一集曰《天然韵语》，以其能发天然情性，纯真而质朴，故其诗富于个性，在学人中，堪称翘楚。集成，问序于余，因借题略议诗学，以平心绪。是为序。

乙未端午于京华清风馆　林东海

目录

上册

下　册

初樱

松尾芭蕉俳句汉译，标题为译诗而拟。

花乱迷人眼，芳春意向荣。
万桃佳色里，始探一枝樱。

一九八〇年四月

附　日本松尾芭蕉原句

咲亂す
もも の中より
初桜

按：本年正在北大中文系读大三，从一本日文杂志上初次读到松尾芭蕉创作的俳句。这是以『五、七、五』共十七音三个音段组成的短诗，意境之美很适合以五、七言绝句移译，故试译数首，请日语老师指正，老师索性将芭蕉俳句拿到课堂上，用作同学们的翻译练习。此选录一首，以为纪念。

赠孤云轩主人

五陵不屑寻衣马，唯续青莲白发诗。
百载人生凭自信，孤云亦有御风时。

一九八三年七月

附 孤云轩主人《次韵答宋红君赠诗》

无心出岫总相宜，舒卷自如即好诗。
不向尘寰寻净土，恋他明月清风时。

廿八感怀

此身常与世乖情，不问旁人眼浊清。
掩卷惟多怜水月，开怀辄好论功名。
从文未解文章妙，治墨偏看墨客轻。
历练柔肠兼傲骨，青衿一领任平生。

一九八五年八月九日

咏桃花（冠头『一如既往』）

一树嫣红一树春，如霞如火复如氤。
既标高格翻墙外，往日芳心不向人。

一九八五年十二月

游峨眉山遇雨

细雨飞天外，清流挂路前。
层林频滴翠，叠嶂漫堆烟。
鸟醉[1]三春酒，蛙弹[2]五柳弦。
归来寻旧径，白鹿伫崖边。

一九八六年六月

注：

①鸟醉：山中有鸟曰『清明酒醉死』，以其鸣声相类故也。相传昔有清明饮酒者，醉死

化为此鸟。

②蛙弹：洗象池内有蛙鸣声似琴，人称『弹琴蛙』。昔五柳先生弹琴无弦，此蛙无琴而有声也。

随一新①师驾游峨眉归途入村野小店晚餐

野路暮云遮，徐行到店家。
山蔬随客煮，粳饭任人加。
渴饮渊明酒，闲看太白花。
篱边堪卜宅，月色不需赊。

一九八六年六月

注：

①一新：业师北京大学中文系陈贻焮先生。与先生并师母在成都杜甫草堂举行的杜

甫研究年会上相遇，会后随驾游巴蜀、下武汉，三首游蜀小诗得到先生鼓励与指点，录出以为纪念。

题成都望江楼

望江楼初名崇丽阁，因坐落江边，故有此俗称。公园内主要建筑是明清两代为纪念唐代女诗人薛涛而建，除望江楼外，尚有薛涛井、濯锦楼、吟诗楼、浣笺亭、五云仙馆等。相传薛涛曾在此汲取井水，制作彩色小笺。园内以竹为景，荟萃国内外一百五十余种竹品。

锦官城外锦江边，万簇幽篁落照前。
瑟瑟平波浮白鹭，泠泠清井染红笺。

擅才更咏梧桐树，遗闷惟凭脂粉泉。
千古风流犹未沫，诗魂踯躅化啼鹃。

一九八六年六月

三十感怀

辜负青春紫陌风，而今而立问穷通。
丘山远在蓬山外，溟海惟存幻海中。
有兴临沂思结伴，无船访戴托来鸿。
读书已悟参禅意，万事还从不了终。

一九八七年五月

春愁（集唐宋人句）

可爱深红爱浅红，（杜甫《江畔独步寻花》）
几回魂梦与君同。（晏几道《鹧鸪天》）
春风无限潇湘意，（柳宗元《酬曹侍御过象县见寄》）
独倚危楼怅望中。（罗隐《登夏州城楼》）

一九八七年

泉州纪行

巨鲤东溟搏浪回，半城白练岫崔嵬。
菠萝味美杨桃碧，月桂香浓稻蟹魁。
旭岭仙风如郁岛，清源秀色似蓬莱。
临歧欲唱《江南曲》，不忍长亭举别罍。

一九八七年十一月

咪咪歌（古风）

有猫名阿咪，团圞似明月。
星眸如阮籍，可为青与白。
最喜观电视，蹲踞颇慧黠。
若见屏走马，扑按情激烈。
勇与公鸡斗，败阵情绪恶。
瓶中见凤翎，齿利翠毛落。
捕鼠犹未能，上树学捕雀。
枝高不敢下，嚎啕呼人接。

有癖如晴雯，爪撕口复啮。
兴尽就床眠，猬缩如堆雪。
长成思交欢，以额触阍阙。
一朝出门去，长奔四脚裂。
月上柳梢头，濮上成燕亵。
饥来驱之回，入门似饕餮。
生性最刁顽，乱走无停刻。
戏尾舞胡旋，旋之成昏黑。
又随总角儿，逐球上阡陌。
称意即跳梁，无心分南北。

性傲憎伙伴，扑咬厉声色。
负气出家门，一去无消息。

一九八七年十二月

游悬空寺

扪萝历险上恒宗，山势危如剑阁雄。
古寺凌空悬翠障，清泉泻地走金龙。①
风翻雪絮朱栏下，岩挂雨丝碧落中。②
独倚飞楼回首望，临深惊叹鬼神工。

一九九〇年八月

注：

①颔联：寺建于翠屏峰绝壁上，下控金龙口，峡中飞流漱石。

②腹联：谷中空气形成涡流，落雪时雪花从寺下翻卷而上，不覆檐瓦。寺上方有危岩遮蔽，落雨不湿。

十月十二日暮舟中偶遇罗俊人、李刚、王文祥诸公同泛西湖

桥断仙踪不可寻，涌金门下水浮金。
轻舟邂逅如倾盖，美酒芬芳为鼓琴。
龙卧双堤风习习，鼎分三塔影沉沉。
如萤远火尘嚣外，野趣渔情正满襟。

一九九一年十二月二十五日

置盆景诗

尝食解颐鼎一脔，移来丘壑卧中看。
阮囊不贮通家物，却效支公戏买峦。

一九九二年五月二十六日

集唐人句送中岛敏夫先生还日本国

葡萄美酒夜光杯，（王翰《凉州词》）
玉管朱弦莫急催。（白居易《想夫怜》）
远水迢迢分手去，（皇甫冉《舟中送李八》）
蓬瀛春色逐潮来。（李约《江南春》）

一九九三年三月二十一日

春径北滨河路

涣涣春波覆紫绒，芊芊细草弄和风。
东行最爱滨河路，五里蔷薇送嫩红。

一九九三年

迓东京大学平山久雄先生重访燕园并贺
新移绛帐于早稻田大学

东瀛旧雨下空蒙，鸡酒相胥菊径通。
黄绢一披文运久，青钱万选雅才雄。
无缘立雪程门外，有幸识荆燕市中。
闻道新来移绛帐，良苗翼翼正怀风。

一九九三年七月

题温州江心孤屿

浩浩河田渡，清涵郡北天。
江心一寺涌，孤屿二峰连。
谢客遗风在，文公正气传。
前贤登眺处，鸥鸟自翩翩。

一九九三年十一月

雁荡纪游戏呈杭州郑兄广宣并文认、靖龙、马珂诸同年及黄昉小妹

温州十月小阳春，车盖初倾似故人。
果核亭中清议士，雁灵峰下夜游神。
禅功一指开文旦，莲步三巡舞凤麟。
若有星回重聚日，携琴把盏问前尘。

一九九三年十一月

夜听春雨

杏花春雨最缠绵，袅袅婷婷到枕边。
一夜钧天行广乐，巫山几度梦难圆。

一九九四年五月二日

赠杏林圣手军旅名医黄传贵先生

三彭最惧国医黄，《金匮》相传八代方。
跨马能平千贼恶，悬壶可济万民康。
缤纷世界枰棋乱，坦荡胸怀姓字香。
击水抟风鹏正举，好凭大块著文章。

一九九五年三月六日

乌鲁木齐市径揽秀园乘高空缆车登红山

金城秀色此中娇，山控通衢塔镇妖。
半岭红岩环绿树，满亭清气引苍雕。
车悬铁缆行天马，水效胡姬展柳腰。
谪客昔年沉醉处，临风揽胜乐闻韶。

一九九六年九月

游交河古城遗址

荒台寂寂古交河，颓貌残形气韵多。
几度英雄征战地，但凭落日诉蹉跎。

一九九六年九月

吊高昌古城

高台如巨象，历落久蒙尘。
箭镞寻难觅，驼铃响尚频。
风摧城作土，月照地生银。
吊古登临处，披襟一怆神。

一九九六年九月

过火焰山

吐火堆烟火焰山，云蒸霞蔚作奇观。
飞车转过牛魔阵，草美滩肥水一湾。

一九九六年九月

天池

天分碧玉化瑶池，黄檗青松锦绣诗。
一脉清流洗尘世，葡萄万架列珠玑。

一九九六年九月

塞上行

八月终成塞上游，长车直入火云洲。
沙尘骤起乌拉泊，雪水徐行庙尔沟。
毡帐烤羊同醉舞，草坡骑马自风流。
人生到此知真味，大化随缘任去留。

一九九六年九月

乌鲁木齐南山水西沟牧场

旋燃柴草炙肥羊，满帐欢歌美酒香。
人到边陲豪气涌，翩翩一骑信由缰。

一九九六年九月

按：在乌市参加新疆师范大学主办的古典文学研讨会后，蒙朱兄玉麒招游南山水西沟，之后经敦煌至西安，参加西北大学承办的中国唐代文学学会第八届年会暨国际学术讨论会。

柳园至敦煌道上

大道如弦向远天，云蒸沙碛草生烟。
却疑瀚海成沧海，始信蜃楼不妄传。

一九九六年九月

敦煌鸣沙山与月牙泉

风聚轻沙响夜天，镰磨细月化清泉。
天荒地老犹旬日，依旧金丘对玉弦。

一九九六年九月

敦煌月牙泉

嫦娥因悔偷灵药，自下天阶此作家。
新月一钩无望晦，澄波映柳遏流沙。

一九九六年九月

登大雁塔

已非雁塔题名日，追步先贤作盛游。
不见皇舆巡灞上，却寻野老望江头。
河山改易同河水，故迹依然守故丘。
极目凭高秋色外，长天掠过一沙鸥。

一九九六年九月

乾陵

双乳隆丰睡美人，乾陵形貌叹殊伦。
风云女帝碑无字，感孕金轮果圣神。

一九九六年九月

兵马俑

跨虎东巡射海鲸，秦王霸略与云平。
阿房一炬成焦土，陵寝犹屯十万兵。

一九九六年九月

半坡遗址

筑室开沟解定居，银钩铁线半坡鱼。
尖瓶汲水神思巧，羡叹先民造化初。

一九九六年九月

西安城墙西南为圆角，人道乃唐时故物

朱雀城楼更向西，御沟转处草萋迷。
墙连暝色环如堡，桥带秋阴拱似霓。
破阵歌狂羯鼓响，霖铃雨冷马声嘶。
孑然独对唐遗迹，怆悢无从作品题。

一九九六年九月

八月十六日夜与陶文鹏、葛景春、张毅诸君同登华山

姮娥开玉镜，华岳影迷离。
呼伴登崎径，拾阶上险梯。
岩磨仙士耳，沟陷老君犁。
望硐猢狲惧，启宫王母疑。
苍龙乘雾走，赤凤掠云飞。
濯发石盆小，擎天崖掌威。
炼丹峰作鼎，博弈日添晖。

避诏陈抟隐，投书韩愈归。
仰天池水浅，落雁岭风低。
北向儿孙视，南躬臣子仪。
登峰观紫气，翘首望丹墀。
金锁关门豁，青莲峭壁垂。
历经天下险，饱赏世间奇。
从此寻常路，不须问坎夷。

一九九六年九月二十八日

按：华山景观有上天梯、大天梯、擦耳崖、仙人砭、老君犁沟、猢狲愁、王母宫、苍龙岭、凤凰单闪翅、玉女洗头盆、仙掌峰『只手擎天』摩崖、老君炼丹处、朝阳峰下棋亭、避诏岩、退之投书处、仰天池、落雁峰、紫气台、金锁关、莲花峰等。

桂林叠彩山

重岩叠彩路萦回，放鹤拿云上玉堆。
一脉清漓天外去，江山四望好风来。

一九九七年八月

按：叠彩山有仙鹤峰、拿云亭、四望山和风洞，漓江傍山流过。

桂林留别兼题元祐党人碑

宜雨宜晴岚气侵，山如画卷水如琴。
不辞党籍归元祐，姓字留香满桂林。

一九九七年八月

按：北宋徽宗时蔡京专权，把元祐、元符间司马光、文彦博、苏轼、黄庭坚、秦观等三百零九人列为奸党，将姓名刻石颁布天下，号称『元祐党人碑』。后徽宗又下诏毁碑，桂林七星岩党人碑摩崖，是现今仅存的两块之一。

送东瀛桥本秀美君学成归国

桥郎廓落世间无，信在儒门宗派图。
细校典坟勤砥砺，详谙经义讶髭须。
持杯叹少谈文友，寄雁应多问事书。
为向东瀛询旧雨，他年同访故燕都。

一九九九年六月

按：桥本君归国后很快重返燕都，执教鞭于北京大学历史系，讲授经学、版本目录学等课程，至今十有余载。其间我们联手引进海内不传之《日本足利学校藏宋刊明州本六臣注文选》《南宋刊单疏本毛诗正义》，并将日本仓石武四郎先生八十年前于北平图书馆拍摄、存世量不足十套的宋元善本照片《旧京书影》首次正式出版，公诸于世。

步长海先生《雁荡山》诗韵

散玉垂珠下半空，碧潭激雾起银龙。①
长天落雁三山②外，大壑藏舟③万木中。
寄志抒怀思二客④，寻幽探胜聚诸公。
情峰化作冲霄翼，此意人间亘古同。⑤

二〇〇一年七月

附 叶长海先生原玉

东瓯何处写三雁，北岭悬崖飞二龙。
为有奇峰浮海上，从教佳话满寰中。

际天湖畔说徐客，流水源头怀谢公。

入夜群山相对语，朦胧月色古今同。

注：

①首联：写大龙湫。

②落雁三山：指雁湖、南北中三雁。

③大壑藏舟：雁荡山有梔岩、帆岩。《庄子》：『藏舟于壑。』

④二客：谢客、徐霞客。

⑤尾联：指夫妻峰、鹰岩。

奉和温州杨秉正先生《七十自勉》韵

山阴道上快哉行，移步换形景色更。
灯火高楼三境妙，艨艟巨舰一毛轻。
读书自爱吟滋味，处世尤宜重性情。
探赜归来人尚健，云舒风卷看潮生。

二〇〇一年

附 杨先生原玉

寒门发奋雁山行，颠簸风涛岁月更。
诚信待人师友众，辛勤治学利名轻。

扪心幸喜无亏负，处世偏叨关爱情。
马齿徒增虚度日，藏书盈室慰平生。

酬纽约潘力生、成应求伉俪惠赐清文墨宝

岁末飞鸿海上来，临窗展诵暗惊猜。
文章掷地同金玉，翰墨抟风化电雷。
赤县搜奇佳事业，青州数典美情怀。
乡关草绿春旗卷，自有奔潮拍岸回。

二〇〇一年

山谷流泉①（又称石牛古洞）

丛篁蔽涧最清幽，山谷曾经此地游。
曲水流泉声豁豁，摩崖古字影浮浮。②
舒王赏景千岩秀，璨祖传灯一塔悠。③
卧洞石牛藏首尾，可曾听得寺钟不？

二〇〇二年六月

注：

①山谷流泉，位于安徽省潜山市天柱山镇风景村境内，黄庭坚曾读书于此，乐其山水之

美，自号山谷道人。

②颔联：古人又称其地曰『曲水流觞』『豁豁泉』。流泉之侧，山体有摩崖刻石二百八十余处。

③腹联：王安石题刻曰：『水无心而宛转，山有色而环围。穷幽深而不尽，坐石上以忘归。』流泉之东有山谷寺，禅宗三祖僧璨驻锡于此，传衣四祖道信。寺中觉寂塔乃僧璨之舍利塔。

雨中游皖公山

山乃古南岳，又名天柱山、潜山。

皖公峰似柱，南岳势擎天。
山谷涪翁号，佛光马祖禅。
有松皆古怪，无水不潺湲。
一夜廉纤雨，千岩汗漫烟。
仙桥云里秀，奇景雾中鲜。
始解潜山意，相期再造缘。

二〇〇二年六月

赠别日本京都大学金文京先生

代远隔千载，晁衡今又逢。
随童登古塔，对寺辨唐风。①
饮酒三杯乐，论文万卷通。
明朝横海去，回首碧云空。

二〇〇二年九月八日

附 金文京先生和韵

天网传鸿信，展诵若重逢。
历历曾游地，茫茫盛代风。

探奇心已切，嗜古志相通。
回首登高处，彩霞散远空。

注：

①颔联：与文京先生同登山西大同明城墙东南角之明塔，时塔上有数小儿嬉戏。

南禅寺诗呈扬之水并东瀛金文京、高津孝先生以为同游之纪

南禅寺为现存最早的唐代木构建筑。于五台山参加元代文学研讨会期间，与京都大学金文京先生、鹿儿岛大学高津孝先生、社科院文学所扬之水女士同访唐代南禅寺、佛光寺，收益良多。

五台山外李家村，古寺南禅气象浑。
彩塑依然唐面貌，斜檐犹带旧暄温。
高鸱大吻风神健，斗拱横梁势位尊。

自避红羊尘劫后，不因地僻断韶轩。

二〇〇二年九月

附 金文京先生《游南禅寺步宋红女士韵》

乘兴驱车过野村，村外寺堂古色浑。
遗构幸存唐代殿，余香犹带旧时温。
一心顿悟[1]闻禅定，千载今逢礼佛尊。
无奈客程催路急，幽情不忍促回轩。

注：

①禅分南北宗，北修渐悟，南重顿悟。

代扬之水作四纪初度游南禅、佛光二唐寺诗

南禅古寺最清幽，台外[1]佛光气象遒。
僻地千年今尚在，浮生四纪此来游。
神思数载悬旌荡，目睹真容[2]夙愿酬。
行向知非无再憾，扬波学海自悠悠。

二〇〇二年九月

注：

①台外：二寺地处五台山外。

②真容：佛光寺明代匾额题为『佛光真容禅寺』。

重游应县佛宫寺释迦塔[1]

应州辽有塔，其势独嵚崟。
下控金城脉，遥通紫塞阴。
浮图推首位，地轴转雷音。
殊相庄严饰，奎光日月临。
仰之如鹫岭，峻极到天心。
彩锦梵花坠，香云法力侵。
巧思随造化，侍候赖灵禽。
岁曜[2]今回照，长歌始对吟。

登高眺恒岳，爽气满衣襟。

二〇〇二年九月

注：

①佛宫寺释迦塔：俗称应县木塔。诗句多由木塔匾额点窜而后成。

②岁曜：岁星十二年一周天，余重游木塔，亦相隔十有数年矣。

代老父为南开大学一九四六至一九四九级同学纪念册留言

放舟学海津门，
日下含饴弄孙。
百载人生自适，
坐看苍狗云屯。

二〇〇二年十月

宁夏银川第三届宋代文学国际学术研讨会后游贺兰山步闻澎吟长韵

护邑干城赖此山，长车直上十三盘。
层峦自有佳姿态，美玉能开好砚田。
古塔苍凉存拜寺，图纹神异竟镌岩。①
平沙莽莽云垂地，遥望黄河入远天。

二○○三年九月二十七日

按：依韵奉和之作，原唱用韵较宽。

附　中国社科院闻澎《游凤凰城银川》

原玉

黄河臂挽贺兰山，共护明珠耀玉盘。

汉柳青青城挹翠，唐渠汩汩水环田。

云撩壮丽清真寺，月照神奇古画岩。

还看凤凰张彩翼，沙湖万顷苇连天。

注：

①腹联：贺兰山之拜寺口有西夏中晚期所建双塔，贺兰口有远古岩画。贺兰石可以制砚。

雨中游沙湖奉和闻澎吟长并呈张鸣学兄

帘纤塞上雨，恍若江南游。
快艇波心过，萑芦镜里浮。
鹏鸥[1]同凑趣，沙水共盈眸。
波外明驼逸，关山任去留。

二〇〇三年九月二十八日

附　中国社科院闻澎先生《泛沙湖》原玉

沙湖神往久，秋爽御风游。
鱼跃苇丛舞，雁飞日影浮。

银川酿绿酒，大漠醉青眸。

泊岸骑驼去，清涟絮语留。

注：

①鹏鸥：山鹏、湖鸥之外，亦陶兄文鹏（闻澎）、王兄兆鹏、张兄海鸥之谓也。

永嘉绿嶂山留赠丐洲先生

谢灵运有《登永嘉绿嶂山》诗，余因此三至永嘉，两登绿嶂，并于谢客亭中留下联语：『绿嶂横陈，自是丹青图卷；鸿钧陶冶，孰非天地客人。』亭乃山下楠溪江啤酒厂所建，此番重来，适逢娄丐洲董事长花甲之寿，诗以为贺。

诗家绿嶂谢公留，酿酒清泉属丐洲。
魏晋风流垂玉牒，圣贤滋味入银瓯。
人逢喜庆精神健，箭发弓弦势力遒。

斗柄回寅春又再，一轮花甲更从头。

二〇〇四年

按：二〇〇四年三月二十三日至四月七日，与韩国汉阳大学李光哲教授共同考察谢灵运游踪，足迹所到凡江浙两省九市。

车骑山访古酬上虞乡贤研究会陈秋强会长、丁加达先生

阳夏谢氏东晋占籍上虞，车骑山乃谢玄、灵运隐居之地也。此番实地考察，蒙秋强会长、加达先生亲为向导，共勘旧迹。殷殷之意，实难为怀，诗以识之。

寻幽访古剡溪边，车骑山中忆谢玄。

淝水亲征真善战，桐亭①旧刻总能传。

覆卮岭[2]外春晴树，垂钓矶头日暮烟。[3]

东道殷勤绍风雅，乡贤背后有乡贤。

二〇〇四年三月

注：

①桐亭：桐亭楼为晋车骑将军谢玄所建，见载于郦道元《水经注》。今车骑山李家村内水沟边砌有『古桐亭』石额残刻，年代不详，上覆石板为踏步桥，但愿石刻能得到保护。

②覆卮岭：车骑山东侧有覆卮山，传因谢灵运游山饮酒后覆卮石上而得名。

③垂钓矶：隔十八都江，车骑山西嶀浦庙下有谢灵运钓台。

访徐渭故居青藤书屋

徐渭故居位于浙江省绍兴市前观巷大乘弄十号。

山阴旧巷访遗踪，浅碧轻黄水一淙。①
改字文长书更擅，居身简素气仍雄。②
青藤率意开生面，白石输心拜下风。③
粉壁迎窗谁作画？动摇树影写飞龙。

二〇〇四年三月

注：

①首联：院内有清泉一池，徐渭爱之，题联

语曰：『一池金玉如如化，满眼青黄色色真。』

②颔联：渭初字文清，后改字文长，而自称书法第一。故居展出今人书字，跋语记事曰：尝有县令叩访，徐渭闭门不见，寄诗曰：『传呼拥道使君来，寂寂柴门久不开。不是疏狂甘慢客，恐因车马乱苍苔。』县令见诗，便服徒步前往，两人谈笑甚欢，结为莫逆。

③腹联：院内有藤，渭因号青藤居士。古藤『文革』中被毁，今藤系后来补种。齐白石自镌闲章曰『青藤门下走狗』。

过金华

金华，东汉曰长山，三国为东阳郡治，隋为婺州治所。

水驿车程过婺州，东阳胜迹暂行游。

烟波浩渺双溪渡，暮霭苍茫八咏楼。①

太守登高情少畅，佳人落难韵多愁。

长山未到应遗恨，石变白羊剩几头？②

二〇〇四年三月

注：

①颔联：双溪，在金华城南八咏楼之东，乃武义江与东阳江（今义乌江）合流处。李清照有词曰：『只恐双溪舴艋舟，载不动、许多愁。』八咏楼，在金华城南，曾名元畅楼，以沈约登楼而赋咏八章，故更名八咏。

②尾联：长山，又名金华山、赤松山，在城北十五公里，传为晋赤松子黄初平得道处。传说初平牧羊金华山中，能变羊为石，复变石为羊。

快艇由新安向桐庐

之江风物画图中，才入桐庐便不同。
石壁孤亭落凤下，梅城双塔插云中。①
钓台兀立曾神到，泷水湍飞恍梦逢。
大壑奇观葫口瀑②，平波古渡③伍员峰。
逃名乐隐思严子，徒旅④苦奔叹谢公。
发箭轻舟驰素练，迎人曲岸展春容。
千山倒影缤纷过，御浪追风更向东。

二〇〇四年四月

注：

①『石壁』二句：七里泷起于建德东北三十公里之梅城古镇，止于严陵钓台，全长二十三公里。落凤山，位于建德东十五公里。『双塔凌云』，严陵八景之一，在梅城东南六公里三江合流处。

②葫口瀑：葫芦瀑布，在七里泷东岸。

③古渡：子胥古渡，在七里泷西岸。上有子胥峰。

④徒旅：谢灵运《七里濑》诗有句曰：『徒旅苦奔峭。』

过南京醉呈张伯伟、曹虹佳伉俪

伟是当墀柳，虹为咏絮才。
推心全置腹，瀹茗共衔杯。
名在高句丽，书求邪马台。
清谈惊四座，绛帐育群材。
煮海鱼龙惧，发微渐顿开。
临衢斟美酒，拚醉谢佳怀。
复见摇窗竹，心回白下隈。

二〇〇四年四月

八月三日承德磬锤峰遇雨

骤雨霎然来，锤峰一柱嵬。
丛林腾猛浪，大壑走惊雷。
转瞬天光霁，回眸秀色堆。
安禅普乐寺，金顶熠天魁。

二〇〇四年八月三日

游离宫

磬锤峰下古离宫，水色山光自不同。
一部笙簧莺啭韵，萧森万木叶摇风。
文津阁下含波月，青雀舫边饮练虹。
巧夺天工推胜境，濠梁竟在御园中。

二〇〇四年八月四日

按： 离宫平原景区有『莺啭乔木』『万树园』『文津阁』『月台』『青雀舫』『长虹饮练』『濠濮间想』诸景。

次韵清风馆无题

玉手调筝为改弦，一操流水起云烟。
松声竹韵明秋月，剑气箫心薄昊天。
绕树三巡安夜鹊，滋兰九畹护花仙。
前程并有高期许，直挂长帆到日边。

二〇〇五年

附　清风馆主原玉

鼓瑟高张漫叩弦，声情杳渺托飞烟。
风收峻岭云头雨，月映平江水底天。

银浦秋来曾架鹊，桃源春去未寻仙。
梦中浪取生花笔，招得骚魂到酒边。

新疆伊犁

伊犁秀色耳闻中，身到方知气韵雄。
草沁清香弥浩漾，山堆绿玉更蒙茸。
天高肆意云翻狗，地阔由缰马逐风。
更有毡房临野水，煮茶堪羡牧牛翁。

二〇〇五年七月

登成山头

成山头乃秦始皇东巡所到，昔传最东端入海礁石上有李斯『天尽头』小篆摩崖，宦海中人多以为谶，今改曰『天无尽头』，我辈散澹之人自不以为意也。此地尚有锁龙石、射蛟台、秦人桥诸景。

嬴政东巡地角东，成山脚下锁蛟龙。
左丞小篆堪为谶，内阁高冠怯望风。
宦海多如沧海险，秦桥并与灞桥空。

而今我辈登临后，浩气长天贯白虹。

二〇〇五年八月

再游刘公岛甲午海战旧地

重入辕门事可哀，刘公岛上久低徊。
坚船利炮输银币，欧冶陶钧乏善材。
一战而颓镌耻柱，百年之痛发惊雷。
海涛化碧英雄血，日日抟风去又来。

二〇〇五年八月

蓬莱八景步清风馆韵

登州两度访蓬莱，蓬莱阁
一上丹崖眼界开。丹崖山
崇阁临风宾旭日，宾日楼
长堤平浪虏晴雷。平浪台
亭分二海何奇也，合海亭（黄海、渤海分界处）
石肖八仙甚异哉。八仙礁
更有飞桥通栈道，田横栈道

相期蜃景再重来。海市蜃楼

二〇〇五年八月

附 清风馆主原玉《登蓬莱阁》

登州访古上蓬莱，高阁凌空曙色开。
云外蓝天天接水，岸边白浪浪鸣雷。
仙家海市今微矣，戚氏楼船昔壮哉。
独立丹崖增感慨，刀鱼寨顶湿风来。

一九八六年八月廿九日

咏剑阁步江油丁稚鸿先生同游诗韵

剑阁高标蔽日峰，乾坤再造叹壶公。
深潭碉谷千松翠，古寺梁山一殿红。
似带羊肠尽盘曲，如门石壁并葱茏。
清奇最爱紫荆树，八角井中自写容。

二〇〇六年四月

附　丁稚鸿先生原玉

又上雄关七二峰，征轮晓发伴林公。
佳铭剑阁思张载，才女京华有宋红。

车外岚光浮浩荡，云中松柏竟葱茏。
天开明镜藏山谷，好教青鬟照俊容。

翠云廊古柏

古道剑门至梓潼，森森皇柏自摩空。
盘根信是虬龙种，交盖浑如翡翠宫。
连理鸳鸯结良配，挥军统帅奏肤公。
巍峨各带英雄气，并与刘邦唱《大风》。

二〇〇六年四月

按： 翠云廊有连理柏、鸳鸯柏、夫妻柏、帅大树等异形巨柏。

九寨沟

东溟几见桑田日，九寨依然邃古时。
凝碧挼蓝池作海，鸣銮漱玉水流澌。
沉潭黄柏如龙卧，脱甲红杉似马驰。
造化天机从窥后，真容一梦一相思。

二〇〇六年四月

春游黄龙观雪景

层层叠叠作瑶池，玉屑银泥为护墀。
雪宝峰头牦犣路，黄龙寺外杜鹃枝。
九天仙女开明镜，一径琼林惹梦思。
呼吸难于通帝座[①]，能餐秀色亦甘饴。

二〇〇六年四月

注：

①呼吸难通帝座者，非为不在华峰，而以氧气稀薄也。

游博鳌亚洲论坛会址

三岛三江聚博鳌，渔村今展凤凰毛。①
金牛卧海衔金镜，玉带分河障玉涛。②
娲女礁边青浪涌，槟榔树外白云高。③
开坛讲论风光好，谁占鳌头独领骚。

二〇〇六年七月

注：

①首联：博鳌三岛为东屿岛、沙坡岛、鸳鸯岛；三江为万泉河、九曲江、龙滚河。

②颔联：博鳌风景名胜为金牛岭、玉带滩。滩隔万泉河与南海，以『分隔海、河最狭窄的沙滩半岛』而列入『大世界吉尼斯之最』。

③腹联：娲女礁即圣公石，兀立玉带滩外，传说是女娲补天所遗砾石。

天涯海角

岭名下马岛南滨，此地当年放逐臣。

海角扬波声似怨，天涯刻石迹仍真。

峨峨一柱擎天立，万顷粼粼碎玉陈。

自古文人多豪士，奈何忧道不忧贫。

二〇〇六年七月

三亚环球潜海基地潜海

五色斑斓碧水中，挪移上下类乘空。
彩鱼似燕胸前绕，火树如花海底红。
吸管口含同吮乳，潜衣身裹效游龙。
九渊自讶真能到，恍在琉璃翡翠宫。

二〇〇六年七月

海南苏公祠感怀

儋万琼崖共海陬，苏公行迹至今留。
泉名浮粟千年涌，洞可游仙一径幽。①
自以椰冠藐纱帽，能将贬谪作归休。②
食芋啖荔南荒老，政业难酬口业酬。

二〇〇六年七月十五日

注：

①苏公祠有浮粟泉、游仙洞。

②苏东坡在海南有《椰子冠》诗；又作

《和陶游斜川》曰：『谪居澹无事，何异老且休。』

游山东日照两城、陵阳河遗址

曦光初照此先明，溯五千年建两城。
日月川陵初入字，黑泥红土并成觥。
东夷麟址新经历，莒县龙山旧典型。
脉远风淳齐鲁地，天容海色自澄清。

二〇〇六年八月

按：日照因『日出初光先照』而得名，是『龙山文化』的重要发祥地，有两城遗址、陵阳河遗址、丹土遗址、东海峪遗址等『龙山文化』遗址近百处。陵阳河遗址发掘的原始陶文早于甲骨文一千多年，为我国最早的文字雏形；公元前三五〇〇年到公元前二〇〇〇年的日照两城，是亚洲最早出现的城市，惟今已沦落，曰『两城镇村』。

单位组织员工到日照海滨度假，故趁便从度假地出发，独自乘长途车探访早期人类文化遗址，乃度假之额外收获也。

在姚翠丽家为何婷、马爱农庆贺生日

四女为龙凤，相逢意气豪。
夸针还扫黛，把盏复持螯。
下笔丹青巧，摛文翰墨高。
金兰期永日，万里待同翱。

二〇〇六年九月十九日

按：与人民文学出版社美编室何婷，外文部马爱农、姚翠丽相善，春秋佳日，风雨故人，言笑晏晏，最难忘怀。

潮州返京过龙川佗城

依山傍水起王城，衙署千年尚可征。
唐塔龙川增气象，秦风赵井见澄清。
长车电掣通京港，晚日丹流照粤荆。
更有毛桃夸五指，东江从此更关情。

二〇〇六年十二月

按：广东省河源市龙川县佗城镇为南越王赵佗起家之地。秦始皇三十三年（前二一四）赵佗经略此地，被委为县令，始设衙署，筑城凿井，至今井邑犹存。此地又有开元三年（七一五）所建唐塔，与明塔遥遥相望。今日一切处于原生状态，京九线经过而不停靠，向香港输送饮用水的东江静静流淌。一种名为『五指毛桃』的药性植物是河源的主打产品，用来炖鸡，味道鲜美，带有奶香。

五十初度自寿

既知天命复知非，义胜心安体渐肥。
青眼每常观桂影，白头何必叹桑晖。
书朋酒友狸奴在，水趣山情鹤侣随。
大化神游亡喜惧，清风玉麈且轻麾。

二〇〇七年五月

按：首用清风馆主《五十自寿》『半百人生事每违，既知天命复知非』成句；末句简化为博客名『玉麈轻麾』。

观首博古陶博物馆开馆十年纪念展

展柜晶莹有似无，千年博物近相呼。
黑陶红土纹形异，汉瓦秦当匠意殊。
鸣釜雷音莫讥诮，生民智巧自来苏。
壶中别有新天地，十载搜奇构壮图。

二〇〇七年七月十二日

长沙游岳麓

车跨长桥过橘洲，直飞岳麓禹峰头。
朝来爽气回鸿雁，暮去江声上斗牛。
碧血丹枫山色胜，弦歌钟鼓楚材优。
寺碑稀世称三绝，年少心期壮始游。

二〇〇七年八月十八日

访长沙贾谊宅

宅在太平街口，地近湘江，与余所住之金沙大酒店相邻。宅院正在扩建中，内有长怀古井，井上有亭。

酒店邻街即太平，来寻古井与怀亭。
湘江浪缓传渔唱，岳麓风徐解酒酲。
谪宦三年悲鹏苦，流芳百世羡泉清。
文人千载休凭吊，塞上行营别有声。

二〇〇七年八月十八日

访湘潭由义巷秋瑾婚后所居之地

可怜道韫嫁王郎，① 漆室怀忧意未张。
舐犊闻鸡惊义巷，抚琴拔剑起湘乡。
丹忱江户英雄概，碧血轩亭姓字香。②
白马湖边寻旧迹，夕曛一抹曜青苍。③

二〇〇七年八月二十日

注：

①道韫嫁王郎：秋瑾嫁与王廷钧后有诗曰：『可怜谢道韫，不嫁鲍参军。』

②腹联用孙中山挽秋瑾联『江户丹忱』『轩亭碧血』之句。

③尾联：由义巷王家义源当铺旧址在白马湖之北。

湘西凤凰古城、吉首大学纪行

湘鄂渝黔共一州，土家苗寨各风流。
姜糖蜡布酸鱼馔，石路虹桥吊脚楼。
吉首弦歌动丘壑，古城韵味秀江陬。
武陵有凤鸣山里，声彻青天最上头。

二〇〇七年八月二十二日

访德夯苗寨

傍水依山一径斜，风光旖旎到苗家。
接龙桥外街墟盛，吊脚楼头笑语哗。
寨鼓生风傩作舞，晴天飞雨瀑流沙。
桃花溪浅鱼儿细，鸭血粑香引落霞。

二〇〇七年八月二十三日

按：此地有风景优美的大峡谷，谷内有落差二百一十七米的流沙瀑布。清浅的桃花溪从谷内流出，溪中虫鱼虾蟹俱纤小而可食。此外苗民还出售糯米鸭血粑与草鞋。

登天门山

嵩梁坍峭壁，玄朗现天门。
绝顶能翻水，奇山可转根。
显形惊鬼谷，寻宝叹王孙。
瑞兽林中匿，祥云岭上屯。
临深车涉险，望涧客销魂。
高架悬钢索，长空放铁鸳。
百回终一豁，千蹬到重阍。
雨洒梅花落，风吹野马奔。

披襟歌与啸，妩媚看川原。

二〇〇七年八月二十八日

按：天门洞开、天门翻水、天门转向、鬼谷显影、野拂藏宝、天门瑞兽，乃天门山六大古谜。天门洞顶时有飘雨，人称梅花雨。

游张家界

金鞭一掷是何年，百丈云梯可上天。
黄石寨中多异景，张家界顶有神仙。
轻猿索果形堪噱，彩蝶寻花态欲然。
移步便登新胜境，风标恍在梦乡圆。

二〇〇七年八月二十九日

按：张家界有金鞭溪、百龙天梯、黄石寨等景观。『张家界顶有神仙』，用当地流传之成句。全诗步韵而省录原玉。

古典部忆往

江湖犹道旧英豪，领袖学林气韵高。
马凯食堂开盛宴，头条胡同变风骚。
相随芝室排珠树，各擅文场奏玉刀。
功业而今薪火在，可堪逝水自滔滔。

二〇〇七年十二月二十四日

按：东四头条胡同四号文化部东院内的三栋小楼是人民文学出版社最早的社址。聂绀弩先生领导下的第一代古典部成员有陈迩冬、王利器、张友鸾、舒芜、周绍良、周汝昌等前辈，舒芜先生记述过与聂绀弩等在马凯食堂聚饮时的雅噱。吾生也晚，但与王利器、周汝昌、舒芜、周绍良四位前辈有过交集。

感事

曾因诗酒聚英豪，云散风流韵事消。
意重情深辞旧雨，骨柔肤脆看新骄。
柘枝款步惊飞燕，敛气援墙立细腰。
预宴已无佳意趣，只今牛乳代醽醪。

二〇〇七年十二月

贺清晖新得娇女

呱呱初坠地，讶汝貌便娟。

额有含章饰，手如钩弋拳。

酣眠能巧笑，游泳自翩跹。

今日明珠小，相期玉魄圆。

二〇〇九年七月二十六日

扬州个园感怀

四季山光万个园，竹西佳处有乾坤。
幽亭老树含清韵，碧水苍岩蕴慧根。
至味读书忘饮食，虚怀养笋若儿孙。
名都大隐今何在，莫问风晴与月昏。

二〇〇九年八月二十九日

按： 个园以竹名，叠石作四季景观，楹联隽语，多可玩味。

瘦西湖舟行

维扬处处水扬波，最爱西湖瘦绿萝。
囚虎徐园观菡萏，联诗虹影忆吟哦。
四桥隐隐烟光静，一塔峨峨柳岸过。
未见玉人吹玉管，且闻吴女唱吴歌。

二〇〇九年八月三十日

按：瘦西湖有徐园荷花、虹桥飞跨、四桥（春波桥、大虹桥、长春桥、五亭桥）烟雨、白塔晴云、长堤春柳、廿四桥等景观，唯清代王渔洋等众多诗人虹桥（当时作红桥）唱和事最可纪念。

访罗聘故居

八怪居余此一廛，弥陀小巷细蜿蜒。
半亭倦鸟能收羽，满座高朋可放颠。
戏谑百端罗鬼趣，和谐一室写梅妍。
诗林朱草多香叶，更有沧浪不系船。

二〇〇九年八月三十日

按：罗聘故居是『扬州八怪』唯一存世故居，位于弥陀巷四十二号，曰『香叶草堂』，门西侧有半亭曰『倦鸟亭』。当年方圆二百米之内住着金农、郑燮、高翔、汪士慎等『八怪』中人，他们聚此谈诗论画，誉之曰『朱草诗林』。罗聘与妻儿共创『罗家梅派』，又以《鬼趣图》名动一时。

谢镇江金坤李兄招游招隐山

良友招游招隐踪，增华阁上仰高风。
苏公竹院清香细，米氏云山墨色浓。
虎跑鹿奔能水涌，蝉吟鹂唱与琴通。
戴颙已去嵇康死，千古广陵一曲终。

二〇〇九年八月三十一日

按：招隐山即南山，因南朝宋戴颙于此隐居，听鹂制曲，拒不应朝廷征召得名。戴颙于此谱就《广陵》《游弦》《止息》名曲；梁昭明太子萧统修筑增华阁并于此编成《文选》；北宋大书画家米芾、米友仁父子居此四十年，创『米氏云山』；大诗人苏东坡在鹤林寺留下『苏公竹院』。山中有读书台、虎跑泉、鹿跑泉、听鹂山房、东坡井、玉蕊亭（唐李德裕遗迹）、乌外亭等景观，江山人文之美，令人流连。

登镇江北固楼望金焦二山

北固矗边陬，江山第一楼。
登高初纵目，怀古复临流。
双塔东西峙，金焦两玉浮。
稼轩行到处，英气飒然秋。

二〇〇九年八月三十一日

按：南宋与金，东以淮水划界。长江南岸之北固山，乃是第二道防线上的军事要地，故抗金名士多登临吟咏，抒发怀抱。焦、金二山拱卫北固，被称为东、西浮玉山。

焦山望松寥山忆太白诗句

松萝枝外望松寥，宛似江中泊玉舠。
何必虹桥招太白，乘槎自可上云霄。

二〇〇九年八月三十一日

附 李白《焦山望松寥山》

石壁望松寥，宛然在碧霄。
安得五彩虹，驾天作长桥。
仙人如爱我，举手来相招。

平山堂

扬州最爱平山堂，京口诸山可过江。
定慧泽心禅寺远，欧公坡老姓名香。
仙人旧馆多清韵，太守高怀自典章。
六代豪华春去也，唯余翰墨溯流长。

二〇〇九年九月一日

按：定慧、泽心禅寺即金山寺与焦山寺。平山一堂并存欧阳修、苏轼两位文章太守遗迹，殊为难得。

游大明寺栖灵遗址

独岭风光属大明，淮东推首更无争。
一天梵呗澄心碧，六代文章照眼青。
宝像鉴真回故地，希珍舍利列栖灵。
飞身直上九重塔，环览三唐旧广陵。

二〇〇九年九月一日

按：大明寺所踞之蜀冈，或言地脉通蜀，恐是望文生义。蜀者，『獨（独）』也，当读为『独冈』。北宋诗人苏辙、秦观同游大明寺，秦诗曰：『游人若论登临美，须作淮东第一观。』寺中九层栖灵塔乃隋代仁寿元年（六〇一）为供奉舍利而建，故谓『栖灵』。唐代李白、高適、刘长卿、刘禹锡、白居易并曾登眺题咏，惜会昌三年（八四三）毁于火，鉴真纪念堂位置即栖灵塔原址。今塔为一九八〇年移址重建。

过唐城遗址

唐城基址接迷楼，禅智雷塘一例幽。
三绝遗碑传圣迹，题名八柱证风流。
几番烽火连州路，历代衣冠化古丘。
唯有龙纹唐镜子，延和阁里鉴春秋。

二〇〇九年九月一日

按：三绝唐碑集吴道子绘宝志像、李白赞、颜真卿书，故称『三绝』。八柱，唐代杜佑题名八棱石柱，上又附清阮元题名。遗址城上的主体建筑为仿唐风格的延和阁，是遗址博物馆，展出唐代文物众多。

何园感怀

何园今日属何家？不见当年旧燕斜。
千米回廊千客影，一帘闲月一亭花。
叠山妙手朱僧画，寄啸高怀谢傅楂。
入镜映池真亦幻，遗弓弃屣向天涯。

二〇〇九年九月一日

按：何园，何芷舠旧园，原名『寄啸山庄』，有千米回廊、船厅、片石山房、镜花水月等众多景观。片石山房传为石涛叠石的『人间孤本』。石涛本姓朱，名若极，出家后法名原济，字石涛。山房院墙设镜，以映山石花木；叠石透光入水，白日可见池中光影如月，且月影圆缺，随步变化。构思之巧，令人称奇。然镜花水月，竟成何园主人之谶，悲哉！

海上绿儿惠赠诸暨御品香新茶，诗以谢之

海上绿儿馈绿芽，清芬开篋胜于葩。
叶如西子遗簪细，汤似东源泄瀑赊。
小啜凤团胸臆畅，遥思玉女月轮斜。
余杭龙见涎成井，必饮浦阳七碗茶。

二〇〇九年九月

漠河北极村感怀

北极村北望，隔黑龙江已是俄罗斯领土，《中俄瑷珲条约》把黑龙江由中国内陆河变成界河。作为边贸出境旅游的俄布拉戈维申斯克市，即当年中国的海兰泡，《中俄瑷珲条约》后发生过屠杀中国人的屠城血案。

桑叶雄鸡话版图，边陲北望意呜呜。
剖龙岂是陶钧手，割地何容辱国帑。
布市新姿夸异域，海兰故地忆屠诛。

白云来去无疆界，作雨为霖自不殊。

二〇一〇年八月八日

过兴安岭向黑河

由漠河向黑河，一路在兴安岭林区穿行，此正一九八七年发生灾难性大火之地。大火从漠河一直烧到十八站林场，这是小轿车疾驶一天的车程。

兴安岭上走长车，白桦樟松一望余。
浴火重生林蟹美，木香依旧袭人裾。

二〇一〇年八月九日

黑河瑷珲历史陈列馆感怀

通向陈列馆的甬道旁，每棵树下都有一随形石块，逐一勒江东六十四屯之名，诸如布拉满嘎屯、曹家窝棚、老官林子屯等。——即使在一八五八年不平等的《中俄瑷珲条约》中，仍约定中国政府对江东六十四屯享有主权，但一九〇〇年沙俄军队却血洗六十四屯，驱溺、枪杀中国百姓两千余人。

河山百万属沙俄，父老江东泣血多。

六十四屯何处觅，刊名石上费摩挲。

二〇一〇年八月十日

游五大连池之温泊

温泊是分布在五大连池世界地质公园石龙熔岩台地上的独特小型湖泊。作为盆景式的火山奇观，全长一千二百多米，平均水深零点八米，最深处两米，水温常年保持在十四摄氏度左右。温泊由三个小型湖泊组成，在地理条件完全相同的水域内，三处景观各不相同：『晶泊』如翠玉，看草；『碧泊』如香螺吐丝，看鱼；『丽泊』如珊瑚满池，看苔藓，赏云影映成的水底『黄山』。游赏又可分为水陆两程，让人尽享火山美景。

地脉深通水不寒，熔岩盆景此中看。
晶池翠玉拢浮草，碧泊金沙系钓竿。
藻若游丝螺岛绕，云如山影藓波攒。
轻舟一泛心神爽，叹赏骊龙吐宝丹。

二〇一〇年八月十日

五大连池老黑山火山口

老黑山又名黑龙山，为五大连池第二大火山。自一七一九年喷发，一七二一年再次喷发，史料记载至今已喷发过六次。山的东、北两侧有盘山道通达山顶，山顶有漏斗状火山口，直径约三百五十米，深约一百四十米，内壁陡峭，景象森然。环火山口有人行步道，周行观之，可赏火山全貌及山顶珍稀火山植物。

销金烁石吐熔烟，暴怒黑龙气薄天。

巨口翕张威尚在，深渊临探胆犹悬。
翻花涌浪形如画，铸虎堆熊态各妍。
一自劫灰岑寂后，红松白桦正联娟。

二〇一〇年八月十二日

访呼兰萧红故居

萧红原名张迺莹，另有笔名悄吟，传世著作有《跋涉》《生死场》《呼兰河传》等，曾被誉为『三十年代的文学洛神』，却是民国四大才女中命运最为悲苦的一位。一九四二年一月二十二日在香港病逝，终年三十一岁。临终绝笔曰：『我将与蓝天碧水永处，留下那半部《红楼》给别人写了』；『半生尽遭白眼冷遇，……身先死，不甘，不甘』。

文坛跋涉味含辛，生死场中化洛神。
两段情缘悲断续，一生萍迹叹艰迍。
故园芳草年年绿，传世文章代代新。
碧水蓝天依旧在，《红楼》半部付谁人？

二〇一〇年八月十三日

哈尔滨东北虎园林

虎园坐落在松花江北岸，毗邻太阳岛，现繁育有东北虎一千余只。

岛外松江一苇航，园林今是虎家乡。
充饥自有嗟来食，称意难期啸踞岗。
孔武独行威不再，颟顸群聚趣添长。
昂藏可待归山日，猛士终当号大王。

二〇一〇年八月十三日

过唐渤海上京龙泉府遗址

六九八年，粟末首领大祚荣建立震国，七一三年受唐玄宗册封，从此粟末靺鞨政权以渤海为号，成为唐朝版图内享有自治权的羁縻州。七六二年，唐廷诏令渤海为国。共传十五世，九二六年为契丹所灭，三年后契丹迁都时将龙泉府邑焚毁。今遗址之柱础、残瓦、旗杆石、八宝琉璃井，大庙之石龟、石经幢乃渤海国故物。

敕建羁縻渤海国，龙泉宫室最巍峨。
花砖釉瓦传神韵，宝井琉璃映劫波。
靺鞨石龟悲黍稷，契丹铁骑破山河。
可怜一炬成焦土，暮雨荒城感慨多。

二〇一〇年八月十五日

兴凯湖感怀

兴凯湖原是九河流注的中国内陆湖。唐代称湄沱湖，以盛产『湄沱之鲫』驰誉；金代称北琴海，以湖形似月琴；清代称兴凯湖，『兴凯』为满语，即『水从高处往低处流』之意。一八六〇年不平等的中俄《北京条约》将兴凯湖划为中俄界湖，且三分之二的水面在俄国。

平湖唐史作湄沱，万顷烟波汇九河。
今日呼名传满语，昔年分瓠予沙俄。

萧条旧国蒙羞久，慷慨新亭泣涕多。
人在边陲思汉武，相期宝镜更重磨。

二〇一〇年八月十六日

与台湾张蜀蕙君同登永州回龙塔

塔建于明代，为镇水患也。登塔南眺，果有一岛形影如龙，首尾毕见。

古郡零陵潇水东，巍峨宝塔锁回龙。
如蛟岛影轻烟外，似碧江流细雨中。
昔日蛮荒称百越，而今四海可同风。
盘旋直到七重上，一啸开怀望远空。

二〇一〇年十月

按：二〇一〇年十月十一日至十八日，应湖南科技大学邀请，参加第五届『中国·永州柳宗元国际学术研讨会』，祭柳论文之余，观永州名胜，得诗六首。

永州绿天庵遗址访怀素千字文碑

碑在自愿戒毒所内，此地原为精神病院。

万柄芭蕉绿蔽天，狂僧醉草继张颠。
惊蛇掣电风云乱，裂素藏真法度悬。
千字残碑存病院，一庵余韵入岚烟。
东山为有唐书圣，丹桂香樟态各妍。

二〇一〇年十月

永州浯溪观《中兴颂》摩崖

元结中兴颂大唐，真卿宝字刻祁阳。
三浯胜迹亭台美，一道清溪翰墨香。
石镜能明人肺腑，夬符可摄鬼心肠。
摩挲题壁流连久，岩下倾情拜典章。

二〇一〇年十月

永州柳子庙祭柳过愚溪

溪山秀色可牢笼，柳子笼于山水中。
买涧买丘实自况，八愚八记与骚通。
十年羁苦成佳话，百代文章共华嵩。
一炷清香三拜罢，乡人指点辨遗踪。

二〇一〇年十月

柳庙碑廊观荔子碑

荔过蕉黄到永州，愚溪祠里吊愚侯。
罗池庙享诗题古，韩愈文高轼字遒。
柳子归山苏子到，新碑摹迹旧碑留。
文华异世能同在，满壁光辉眼底收。

二〇一〇年十月

游朝阳岩

此即柳宗元所咏之西岩。

元结昔年刺道州，朝阳岩下暂勾留。
柳侯谪弃游西岭，渔父栖迟钓上钩。
满壁摩崖多漶漫，一江流碧自清幽。
持灯洒水观残字，古洞云飞暮气浮。

二〇一〇年十月

比干庙感怀

比干庙在河南卫辉市北（旧之沬邑），距新乡十五公里。北魏孝文帝始建，现存建筑群为明代重修。庙内有独特的没心菜、平冠柏、开心柏、板柏。

孤忠拚死谏君王，取义成仁姓字香。
地护英魂生板柏，菜怜高士断心肠。
与其拜庙题封土，何似临朝任俊良。
时世教人三缄口，更从箕子作佯狂。

二〇一〇年十一月十二日

按：二〇一〇年十一月十二日至十四日，应焦作市人民政府、河南省社会科学院、修武县委宣传部邀请，参加『中国·云台第三届竹林七贤文化研讨会』。报到之日，先自行包车北上淇县，登云梦山访鬼谷子遗迹，返程谒卫辉比干庙，又观新乡之潞简王墓、红旗区政府院内之大观圣作碑、文庙大殿；第二日会议间隙往观修武宋塔胜果寺塔、汉献帝陵；第三日游云台山红石峡、百家岩，故有中州纪游之作。

淇县云梦山访鬼谷子遗迹

云梦山又名青岩山，位于河南省鹤壁市淇县西南十五公里。战国时，纵横家鼻祖鬼谷子王诩曾隐居此地授徒讲学，七国舞台上的风云人物孙膑、庞涓、苏秦、张仪、毛遂等俱出其门下。

朝歌故地梦云边，鬼谷幽居别有天。
涓膑布兵生死战，苏张弄舌纵横牵。
一门弟子锥端露，七国风云掌上旋。

千古军庠拜遗迹，清秋冷日照山川。

二〇一〇年十一月十二日

修武谒汉献帝陵

『汉献帝禅陵』是东汉末代皇帝刘协之陵，位于修武县方庄镇（现名七贤镇）古汉村南，乃豫北地区唯一一座保存完好的帝王陵，二〇〇〇年九月纳入河南省文物保护单位。

古汉村南谒禅陵，山阳宰树作秋声。
曾教丞相挟天子，忍把江山付魏廷。
垂拱似无医国术，悬壶却有济民情。

不须欺世堆疑冢，封土年年草木青。

二〇一〇年十一月十三日

云台山红石峡

位于河南省焦作市修武县境的云台山，以独特的北方岩溶地貌被联合国教科文组织命名为全球首批世界地质公园，也是国家五A级风景区。红石峡是云台山十一处景区中的极品，长一千五百米，宽三至十米，谷深六十八米，丹崖碧水，景色幽奇。

见说温盘峪，山形鬼削成。
天桥通幻境，瀑水奏仙笙。

仄径穿幽谷，巉岩铸赤城。
寒泉依岭坠，秋树向云横。
峭壁丹霞丽，长溪碧玉清。
前瞻开罨画，却顾障华屏。
恍入桃源洞，何须羡武陵。
二〇一〇年十一月十二日

云台山百家岩

百家岩位于云台山大门入口处，高一百七十米，以山隙间松柏苍翠，人称『柏岩』；又有『岩下平坦可容百家』之说。天门瀑布与百家岩寺塔乃此处两大胜景，又有汉献帝避暑台、嵇康淬剑池与刘伶醒酒台、孙登啸台等人文景观。

峨峨赤壁似天门，银瀑长流万骏奔。
叔夜临池曾淬剑，刘伶醒酒自销魂。

山阳避暑孙登啸，贤士传名古塔存。
一路披荆寻旧迹，危台谒罢举清樽。

二〇一〇年十一月十四日

年初开笔奉和曹旭兄岁末感事诗

无端蜗角起烽烟，得失鸡虫任自然。
故国士民穿望眼，先生德赛叹流年。
种瓜得豆青门地，逐鹿梦蕉赤县天。
彩笔何能干气象，劫棋已列乱枰前。

二〇一一年一月四日

附　曹旭兄《岁末感事呈诸兄》原玉

少年心事梦如烟，彻夜不眠失恋然。
巴国红歌虽盛世，江南文化是荒年。

新开博客书环屋，送尽穷文命在天。
水火无情终乱象，讣闻又到短檠前。

重游北京陶然亭

南社诗人曾咏及陶然亭及香冢，《南社诗选》杀青之际，重走城南路以凭吊焉。四十年前常到陶然亭，懵懂少年唯在纪念红军长征的雪山滑梯与铁索桥上摸爬滚打，全无寻幽访古之意。

城南旧苑觅诗踪，卌载重来已改容。
渺矣乱尘迷足迹，陶然醉酒对亭风。
岸边垂柳摇金缕，湖面扁舟荡碧空。

不见秋墩鹦鹉冢，沧桑几度又鸿蒙。

二〇一一年五月十日

按： 香冢、鹦鹉冢、赛金花墓，原并在陶然亭公园湖心岛揽秋墩南坡，今已不存。『陶然』匾额题字为陶然亭建造者清代江藻墨迹。

送侄女云帆赴美游学

少小阶庭秀出林，卓然玉树欲成荫。
佩弦苦习踣拳道，顾曲欣弹电子琴。
济海扬帆怀远志，登山探宝陟高岑。
书香本是吾家业，盼尔西行报好音。

二〇一一年七月

临湘访鸭栏驿、白马矶

二〇一一年十月十一日上午，访湖南省岳阳临湘市儒溪白马矶。李白有《至鸭栏驿上白马矶赠裴侍御》诗曰：『侧叠万古石，横为白马矶。乱流若电转，举棹扬珠辉。』此地为儒溪入湘江处，滨江正在兴建白马矶货运码头，儒溪口建有鸭栏泄洪闸，对面偏南位置是儒溪中学。

清碧儒溪此入湘，鸭栏白马旧名彰。

青莲举棹身曾到，一脉文心似水长。

二〇一一年十月

按：二〇一一年十月，为考察李杜游踪有湘东粤北访古之游。

谒平江杜甫墓

二〇一一年十月十一日下午，前往湖南岳阳市平江县安定镇小田村访杜甫祠和杜甫墓，祠墓后面是小田学校。据记载，湖南耒阳及平江、湖北襄阳、河南偃师及巩义、陕西华阴及富县和四川成都各有一座杜甫坟茔。

平江村野访祠茔，人道文贞此厝灵。
童子书声移梵呗，莲花柱础证神形。
一身漂泊沙鸥白，八冢纷纭宰树青。

感慨高名千载上，几曾冷炙送孤舲？

二〇一一年十月十一日

株洲寻访杜甫登岸之凿石浦

二〇一一年十月十三日上午，冒雨驱车至湖南株洲，寻找杜甫足迹所到之凿石浦——庆霞寺、渌口、空灵岸——空灵寺。有幸得到湖湘文化志愿者协会会长彭水明先生引领，不胜感谢。

庆霞古寺一墙留，诗圣当年此系舟。
怀杜米颠题壁处，村名凿石证千秋。

二〇一一年十月十三日

株洲之渌口

凿石驱车更上游，清湘渌口水悠悠。
飞桥对岸驰车道，犹有荒津旧码头。

二〇一一年十月十三日

株洲之空灵岸

沧沙旧渡再催艄，更到空灵旧寺楼。
怒吼砾岩狮九立，清湘浩渺水云浮。

二〇一一年十月十三日

株洲花石戍遇刘芝兰居士

二〇一一年十月十四日上午，于株洲花石村访到杜甫花石戍遗迹，遇刘芝兰居士于江边高丘建云亭并杜甫草堂。

车驾艰难暗自愁，泥行水遏到江头。
村称花石传遗迹，岸有云亭想戍楼。
佛寺通灵依洞穴，草堂尊圣见风流。
最怜清雅刘居士，凭高临远对白鸥。

二〇一一年十月十四日

登南岳衡山

秋日驱车瞻寿岳，满天云锦满山松。
幽深古寺存方广，独秀高峰仰祝融。
插架邺侯三万轴，念经衲子四行空。
群山如浪堆青黛，快意南来解愠风。

二〇一一年十月十五日

衡阳访回雁峰公园

二〇一一年十月十五日傍晚至湖南衡阳市。

衡山谒罢至衡阳，灯火初辉暮色苍。
不见南峰回雁阵，满园扑鼻桂花香。

二〇一一年十月十五日

耒阳一中谒杜甫墓

二〇一一年十月十六日上午，至湖南耒阳市第一中学校内访杜甫墓。

工部当年葬耒阳，一抔黄土掩华章。
支离西北东南际，困顿巴渝荆楚乡。
赤子情怀添史笔，诗家武库立宗堂。
衡州有意留遗冢，拜罢孤魂献瓣香。

二〇一一年十月十六日

郴州苏仙岭三绝碑

二〇一一年十月十六日上午离开耒阳，驱车四十七公里到达湖南郴州市苏仙区的苏仙岭，探访白鹿洞上方宋代秦观词、苏轼跋、米芾书字的三绝碑。

郴州旅舍绕郴江，淮海南荒引恨长。
米字苏评增逸趣，碑成三绝各留芳。

二〇一一年十月十六日

郴州访橘井、苏母墓

二〇一一年十月十六日中午赶到郴州市第一中学，在校园内访到橘井、苏母墓。杜甫曾咏到汉文帝时苏耽升仙前嘱其母以井水、橘叶救人于疫疠的传说。

井泉橘叶救沉疴，苏母苏仙赛华佗。
遗爱人间留胜迹，仁心万古激清波。

二〇一一年十月十六日

广东淳仁丹霞山观日亭览胜

二〇一一年十月十七日下午，游丹霞山长老峰，登观日亭赏落日。山在韶关市仁化县境。

万态群峰到眼前，锦江罗带系裙边。
夕阳无语沉山去，万匹红霞尽斗妍。

二〇一一年十月十七日

题广东南雄梅岭北伐出征纪念碑

二〇一一年十月二十日下午，在领略南雄梅岭镇的梅子酒和红焖鹅之后，与陈昉等游梅岭古道。

北伐曾经此誓师，血钟英响发当时。
梦蕉得鹿回蕉梦，歧路亡羊见路歧。
去马来牛都习惯，成王败寇一妍媸。
百年我到出征地，感慨万端抚旧碑。

二〇一一年十月二十日

韶关南华寺拜唐禅宗六祖慧能肉身舍利

二〇一一年十月二十一日中午，至广东韶关南华寺，拜谒唐六祖真容。

菩提无树镜非台，六祖曹溪讲法来。
佛性曷从宗派判，禅机还自本心开。
不传衣钵行真道，能证金身化劫灾。
一拜真容千载下，香光浩大感悲怀。

二〇一一年十月二十一日

韶关始兴县隘子镇湖湾村访张九龄故居

二〇一一年十月二十二日上午，访广东韶关市始兴县隘子镇湖湾村石头塘张九龄故乡，这里正在兴建张氏祠堂。

人到韶关忆曲江，湖湾来访石头塘。
清池九叠形山水，翠竹千竿护祀堂。
风度高标贤宰相，经纶密致妙文章。
丰功伟烈开梅岭，古道年年万树香。

二〇一一年十月二十二日

题赠周有光老先生，先生时年一百零七岁

百年苦旅笑谈中，君子能和未必同。
思入风云谙世态，言成鼎鼐奏肤功。
经纶满腹三英粲，字母拼音四海通。
信是多情人不老，明春斗室寿茶翁。

二〇一二年三月五日

痛悼业师吕乃岩先生

燕园初沐吾师风，一室生春意态融。
广袖翩翩方外士，清枝凛凛涧边松。
名山事业传薪火，道德文章仰岱嵩。
弟子三千同瞩目，西归云鹤过长空。

二〇一二年三月九日

夜飞荷兰

二〇一二年三月十七日，北京时间十九时三十分起飞，荷兰阿姆斯特丹时间二十二点五十分落地，然空中飞行已度过十小时二十分钟的时间。飞行距离七千九百六十七公里。

跨洲竟夜向西垠，人至荷兰景未新。
夸父果然能逐日，云程万里一时辰。

二〇一二年三月十七日

按：本月下旬有欧洲八国之游。

夜宿荷兰阿姆斯特丹郊外湖畔旅馆

清晨被远处传来的铃声唤醒，恍然如在深山古刹，难道荷兰也有中国古建筑上的风铃、铁马？抑或是教堂里的钟声？窗外就是一片湛蓝的湖水，岸边游艇，从集成阵，原来铃声竟是缆绳在风中抖动，敲击金属桅杆的声音，太美了！

一夜天风似弄琴，桅杆帆缆奏清音。
满湖游艇曦光里，细雨轻波作淡吟。

二〇一二年三月十八日

法兰克福纪游

凯撒教堂仰圣灵，法兰克福我心倾。
细流汇聚莱茵水，大学雄居海德城。
梯架高乘登酒桶，黑啤小啜梦浮生。
欧游处处多生意，时有春花照眼明。

二〇一二年三月十九日

游慕尼黑市政厅，观玛丽恩广场公平正义双神像及德国最大木偶报时钟

楼宇巍峨市政厅，慕尼黑市久传名。
天平定准持公理，宝剑砺锋护正声。
警世双神含意味，报时群偶舞风情。
清和散淡人安逸，巴伐利州旧典型。

二〇一二年三月十九日

前往奥地利山城因斯布鲁克

阿尔卑斯岭上行，松骄雪艳麦苗青。
因河宛入桃源里，隔断家山暴雨声。

二〇一二年三月二十日

因斯布鲁克至意大利水城威尼斯

因斯布鲁半山雪，意大利来满眼春。
一路车行无国界，威尼碧水动心神。

二〇一二年三月二十一日

游意大利水城威尼斯

亚得里湾一泻湖，威尼斯水建王都。
贡多拉艇穿城过，马可波罗有旧居。

二〇一二年三月二十一日

佛罗伦萨圣母百花大教堂

圣母百花大教堂，城名翡冷翠生香。
复兴文艺多经典，不愧名歌唱太阳。

二〇一二年三月二十三日

按：意大利佛罗伦萨，英语Florence，意大利语Firenze，德语Florenz，意大利语的直译为『百花之城』，徐志摩诗意地译作『翡冷翠』。

比萨斜塔

据伽利略门徒所写《伽利略传》称，彼曾于斜塔做重力加速度实验，证明物体无论轻重，其重力加速度均为九点八米每秒。

比萨名城世上传，全因一塔重心偏。
证明重力同加速，思想流辉耀后贤。

二〇一二年三月二十三日

意大利皮亚琴察至瑞士路上

意国皮亚迟夜泊，晨观瑞士雪山岑。
湖光山色卢加诺，一路迎春灿若金。

二〇一二年三月二十四日

按：卢加诺湖是意大利与瑞士两国的天然界湖。

至瑞士琉森

阿尔卑斯山腹行，幽长隧道鬼神惊。
豁然开朗琉森到，一片碧湖照眼明。

二〇一二年三月二十四日

按：琉森（Lucerne）有动人的湖光山色，被誉为欧洲最美小镇，传统译作『卢塞恩』，『琉森』是台湾地区译法，字面上更能体现小镇的美丽。

瑞士琉森狮子纪念碑

法国大革命中，瑞士七百八十六名雇佣兵为保卫法王路易十六而战死。因此，依岩凿垂死狮子以为纪念，梵蒂冈则一直用瑞士士兵为教堂站岗。

雄狮濒死叹西风，八百忠良护主公。
法帝断头悲路易，教皇到底重苌弘。
石雕仿佛存魂魄，剑气依稀化彩虹。
我在碑前行拜礼，夕阳无语满城钟。

二〇一二年三月二十四日

琉森湖小憩，云水人鸟俱闲，天鹅游弋如乘空，洵难得美景也

琉森湖美漾清波，浪迹萍漂半日过。
石塔木桥留罨画，天鹅水鸟戏婆娑。
坐观雪岭同寒玉，且喜春阳满太和。
饮酒西人多散澹，风情万种自堪歌。

二〇一二年三月二十四日

法国巴黎卢浮宫

断臂爱神维纳斯雕像、无头胜利女神像和达·芬奇所绘蒙娜丽莎乃卢浮宫镇宫三宝。

欧陆至今十日游，终偿夙愿访卢浮。
女神展翼开心魄，微笑丽莎动眼眸。
断臂纳斯维绝美，镇宫瑰宝世无俦。
琳琅满目匆匆过，太息白驹不我留。

二〇一二年三月二十六日

巴黎塞纳河船游

明河塞纳贯城区，今日游观上巨舻。
阿勒玛桥雕石古，埃菲尔塔入云孤。
协和香榭卢浮殿，圣母教堂雨果书。
双岛西堤连路易，风光旖旎满花都。

二〇一二年三月二十七日

过比利时观布鲁塞尔小尿童铜像

活泼天真一小童，尿浇火索建奇功。
公民布市伊称首，赢得人间仰铸铜。

二〇一二年三月二十八日

荷兰阿姆斯特丹

人称北地威尼斯，水网龙城与风池。
莫奈梵高伦勃朗，彤云旷野画心恣。
木鞋奶酪风车阵，钻石帆船美誉驰。
欧旅曲终今奏雅，郁金香里问归期。

二〇一二年三月二十九日

感事

诡谲翻波宦海深，一军突起破幽阴。
金钱岂赎千宗罪，铁幕难遮万恶淫。
始信长堤坍蚁穴，终期公道见人心。
多行不义时将毙，天上浮云变古今。

二〇一二年四月二十日

五五初度致仕感怀

生于天地始交之日，长于风云迭起之地。翰苑卅年，布衣一袭；知命五载，遂初一志。业师赠默写兰亭之墨宝，闺蜜尽欢宴金兰之情谊。海上寄云香之纱，京中送越扇之礼。更见宋人曹勋有《得致仕喜成》之什曰：『久甚嗟形役，今方得自怡。所欣官已了，得与静相期。风月闲如旧，心情喜可知。山中鸡黍友，贺幅已先持。』一书一扇，俱关兰亭；其事其情，正相恰契。林师东海先生书后跋语曰：『壬辰清和立夏，默写王羲之兰亭序帖，以为天然斋主初度致仕礼物。呈宋红女史存念。』兰亭仰观俯察之情怀，法书出神入化之韵味，乃最佳之『贺幅』也矣！博之以明志云尔。

二〇一二年五月七日

张兄仲谋招游徐州，诗以为谢

元伯具鸡黍，相期已十年。
州城终饮圣，学海早推贤。
诵赋观风汛，登台戏马鞭。
云龙湖水碧，风景喜无边。

二〇一二年五月十八日

按：二〇一二年五月十八日至二十二日，张兄仲谋招游徐州，正效东汉张劭元伯鸡黍故事也。神交十年，终成一晤，不胜快慰。仲谋同年主徐州工程学院事，深孚众望，此番拨冗设佳宴，又导游复建之东坡黄楼、项王戏马台，殷殷之情，令我感戴不置。

徐州云龙山访古

云龙夭矫入城中，为访遗踪上碧丛。
乱石如羊临巨壑，高亭放鹤唳长空。
知州韵事传千载，法佛摩崖隐半峰。
身在苏公酣醉处，当歌对酒看飞鸿。

二〇一二年五月十九日

河南永城访梁孝王墓

沙先一兄荐游与徐州相邻之河南永城梁孝王、王后汉墓群，其冢『斩山为廓，穿石为藏』，虽内中财宝为曹操盗掘殆尽，然从劫余之玉片、陶俑、壁画等物，仍可想见当年厚葬之豪奢。

邹枚司马共文坛，博得梁王一笑欢。
辞赋诗篇垂典范，歌台舞榭转荒寒。
营陵可叹开山苦，入圹难期葬物安。

七十二船阴载去，终教汉室富阿瞒。

二〇一二年五月二十日

徐州登项王戏马台

户部山头项羽台，彭城俯瞰翠屏开。
歌风霸业随流水，戏马丰功付劫灰。
二帝交锋多乱象，万民墨面尽浮埃。
古来恶战争雄地，耳畔犹闻画角哀。

二〇一二年五月二十一日

徐州博物馆遇京城旧友扬之水

过影失交臂，回眸惊拍肩。
异乡逢旧雨，同道续新缘。
治学羞旁骛，论文愧后鞭。
相随观博物，作别各云天。

二〇一二年五月二十一日

徐州观淮海战役纪念塔、纪念馆

炎黄逐鹿种前因，可叹神州战事频。
国共徐淮争禹甸，项刘楚汉代嬴秦。
凤山将士徒镌字，泗水春秋绝获麟。
我立碑前思老杜，天河欲挽洗兵尘。

二〇一二年五月二十一日

按：淮海战役纪念塔及纪念馆，正楚汉相争之故地也。塔建于凤凰山，山下是世界最大之陆战博物馆。塔廊两侧长长的高墙，按姓氏笔画刻满共方牺牲烈士名单，据说录名三万二千人，殷红血艳，触目惊心！依照『百度名片』对这场战役的描述，『敌我损失』比例是4.06：1。如此，纪念馆至少还应该再准备八面墙壁，刻写蒋方阵亡将士之名，因为这是『同一个国家同一个民族的两个政党之间的战争』，死的都是工农子弟，都是中华民族的子孙！面对这场受到世界多国军事家关注的战役，作为中国人，我只感到愧怍与悲哀。

挽周汝昌前辈

最爱羲之与雪芹，红楼证梦辟荆榛。
丹青粉墨通才艺，杨范诗词作解人。
一面因缘亲謦欬，九旬坛主见风神。
微茫往事成追忆，彩玉当空补昊旻。

二〇一二年五月三十一日

按：多年前，作为人民文学出版社古典部的新人，曾往周先生府上拜望，后不敢叨扰，只在电视上见过前辈，周先生是央视『百家讲坛』中最老的坛主。

镜泊湖泛舟

奇异熔岩堰塞湖，平波如镜映云孤。
一船收尽青山色，碎玉挼金变画图。

二〇一二年七月二十七日

按：二〇一二年七月一日深夜，腿疾大作，剧痛难忍。辗转两日后，前往北京宽街中医医院问诊，医生诊为血栓性静脉炎。紧急入院治疗，后改判为股痈症，七月十八日好转出院。七月二十四日至八月三日，应朋友之约，再游黑龙江、吉林，扶病带药而泛舟镜泊湖、登陟长白山，江山爱我，腿疾渐瘥。

吊水楼瀑布

瀑布位于镜泊湖北端，湖水由熔岩床面忽然跌入圆形深潭，落差二十米，幅宽四十余米，水声震耳。据说雨季或汛期，瀑布呈现两股或数股迭落之景，总幅宽达二百余米。

平湖泻水作崩湍，喷雪传雷蔚大观。
差似尼加拉瀑布，可供洗耳更弹冠。

二〇一二年七月二十七日

游镜泊湖第四火山口地下森林过冰洞

地下森林夏木青，熔岩有洞若阴凌。
桑田沧海何足道，烈火千年凝作冰。

二〇一二年七月二十八日

雨中北坡上长白山天池

来谒关东第一峰，满人发迹仰高崇。
山头瀑水惊雷响，石下温泉热气冲。
转豁回崖至龙口，喷云飞雨挟罡风。
天池美景悭开霁，独赏相依岳桦松。

二〇一二年七月三十日

游哈尔滨郊外伏尔加庄园

阿什河边草木繁，来观伏尔加庄园。
米尼阿久一轮舰，小白桦厅四面门。
东正教堂还旧貌，上林别墅带新暾。
恍然身在露西亚，万种风情醉旅魂。

二〇一二年八月二日

江油大匡山访书院旧址并李白读书处

佛态山形有异姿，遥思太白读书时。
披襟可览千峰画，拔草曾登七步墀。
老杜怜才悲坎壈，大匡无语叹暌离。
踟蹰故地寻鸿爪，荒垄苍苔辨石基。

二〇一二年八月二日

按：壬辰夏秋之交，应邀赴四川江油李白纪念馆参加李白文化论坛，会后有大匡山之游。又蒙绵阳何粼粼女史和柳天琦、屈昌明先生鼎力襄助，得观绵阳越王楼、李杜祠、东津观打鱼处、汉阙、富乐山等文化遗存；并前往射洪、三台、盐亭、南部、阆中、广元、剑门等处考察李杜游踪，收获颇丰。

绵阳李杜祠

唐宝应元年（七六二），杜甫流寓绵州，住绵州海棕馆（又称治平院），在东津观打鱼后，写下《观打鱼歌》《越王楼歌》《海棕行》等诗作。宋至清代，陆游、唐庚、赵蕃、果亲王、李调元、翁同龢等名士先后实地寻觅老杜遗踪，留下诗篇。清黔江教谕吴敏斋散私财在绵州城南修建治经书院，仿宋人思贤故事，于南山建十贤堂，并嘱其子吴朝品建李杜祠。清光绪二十六年（一九〇〇），吴朝品在绵州东郊芙蓉溪畔（相传为唐代治平院旧址地方）购地六亩，建成此祠。

不见当年旧海棕，东津流水化车龙。
观鱼老杜悲兵革，访迹放翁仰华嵩。
诗圣祠堂鸿迹在，越王楼阁燕梁空。
徘徊院里思贤哲，光焰文章不世功。

二〇一二年八月十二日

寻访通泉故县

杜甫于宝应元年（七六二）十一月自射洪南之通泉，觅郭元振故宅，观薛稷书画壁，宴东山野亭，有《过郭代公故宅》《观薛稷少保书画壁》《通泉县署壁后薛少保画鹤》《陪王侍御宴通泉东山野亭》诗，曰：『此行叠壮观，郭薛俱才贤。不知百载后，谁复来通泉。』（《观薛稷少保书画壁》）一千二百五十年后，我来也。然县已并入射洪，故地仅存洋溪镇东山禅院、柳树镇通泉村之名。乡人不知郭、薛，不知杜甫，亦不知自己本是通泉人。所知者，沱牌曲酒，以通泉村所属之柳树镇，已更名沱牌镇故也。

驱车冒暑觅通泉，故地更名县改迁。
涪水旧乡归柳树，东山古寺属洋川。
代公杳矣英雄叹，少保惜哉翰墨湮。
此日后期千载下，心香一瓣礼先贤。

二〇一二年八月十三日

射洪金华访陈子昂读书台、上方寺

合著黄金铸子昂，杜公曾访读书堂。
后前山岳成佳景，左右拾遗峙盛唐。
天色蔚蓝临绝壑，江流浅碧激沧浪。
虹飞桥外寻踪迹，为叩禅关到上方。

二〇一二年八月十三日

三台牛头山

老杜所登之牛头山今为梓州公园，山顶立『千秋诗圣』牌坊，建『四川第二大杜甫草堂』，并塑杜甫立身像。

杜陵当日上牛头，四海风烟乱未休。
望断关河垂老泪，飘零身世托孤舟。
一廛草屋惊心别，万井江城入眼愁。
秀色满山诗句在，梓州高阁证千秋。

二〇一二年八月十三日

三台琴泉寺、赵岩洞

琴泉寺位于三台县潼川镇北泉路左侧的长平山腰，始建于北周。唐初名慧义寺，南宋易名护圣寺，因寺后山泉滴声似琴，明朝万历时已称琴泉寺。现存建筑为清代及民国所建，正殿观音殿之后是甘露洞，洞内即『琴泉』山泉池。泉水终年不断，主泉夏季甘凉，冬季温甜，为优质矿泉。寺下山崖多摩崖造像。千佛岩右侧有『赵岩洞』二室，原为东汉崖墓，唐代纵横家赵蕤（字太宾）曾在此著述隐居。

琴泉寺隐梓州城，水韵禅心澈底清。
千佛摩崖霜雨后，半龛石室短长经。
太宾太白双英杰，亦友亦师一纵横。
今仰唐风寻胜迹，满山林木野云生。

二〇一二年八月十四日

盐亭城南寻光禄山

杜甫有《光禄坂行》。一九八七年盐亭县黄甸乡南山村发现一块北宋石碑，由此知宋人认定杜甫所咏之光禄坂在盐亭县境，故有光禄山之实地考察。

梓江冷铺卷回澜，车入千山更万山。
身在定光西北望，坂连光禄路行难。

二〇一二年八月十四日

阆中访锦屏山杜公祠、玉台观滕王亭子

嘉陵江南岸锦屏山有杜公祠、碑林、纪念汉代提出浑天说的天文学家落下闳的观星台，北岸是玉台观景区，有滕王亭子、滕王墓等。

访古寻幽到锦屏，玉台又上滕王亭。
巍峨杰阁夸当世，崒嵂浮图见古情。
作客杜公斯遇雨，浑天落下此观星。
阆山阆水成歌曲，江北江南一例青。

二〇一二年八月十四日

广元蜀道追寻杜甫游踪

乾元二年（七五九），杜甫发同谷，经木皮岭、白沙渡、水会渡，由褒斜谷的飞仙阁阁道入蜀，经过七盘关（杜甫称作『五盘』），然后过龙门阁、石柜阁、桔柏渡，走金牛古道入剑门关，经德阳鹿头山驿站到达成都。

渔阳鼙鼓动，四海起烽烟。
漂泊投巴蜀，艰难事转迁。
五盘回阁栈，一径走云天。

目注嘉陵险，心忧性命悬。
龙门临巨壑，石柜近深渊。
江峡流明月，山林响杜鹃。
摩崖千窟暗，文砄百花妍。
桔柏波涛涌，剑关硌角偏。
崎岖牛路侧，豁朗鹿头巅。
风雨三旬后，浣溪十亩前。
思贤追故步，访古入名川。
诗圣篇章在，光芒照大千。

二〇一二年八月十五日

游洛阳龙门石窟

龙门石窟位于河南省洛阳市南郊伊河两岸的龙门山与香山上。开凿于北魏孝文帝迁都洛阳之际，之后历经东魏、西魏、北齐、隋、唐、五代的营造，南北长达一公里，至今存有窟龛二千一百三十七个，造像近十万尊，碑刻题记三千六百八十余品。

南郊伊水访龙门，佛像千龛十万尊。

普照明光卢舍那，雍容气度动心魂。

二〇一二年十月十日

按：二〇一二年十月八日至二十三日，在中国一拖集团赵总剡水及田鹏、吴勇两先生大力支持下，由陶建华、王海涛、郭正文诸君陪同，作中州访古之游。

洛阳香山白园谒居易墓

白居易墓园近年重新修葺，称为『白园』。坟冢边上有多通中日两国文化人的献言碑刻，日人有碑文称白居易是『日本文化的恩人』。

拜罢香山访白园，风清竹翠水潺湲。
扶桑自古珍佳构，海客而今答大恩。
了断宦情栖绝地，只将诗兴托空门。
琵琶峰上多乔木，长伴先生一醉魂。

二〇一二年十月十日

访白居易洛阳履道里遗址

履道里故址在狮子桥村，嵌有『履道里白居易故居遗址』标识的院墙门口，挂有『洛阳市洛龙区豫安机动车驾驶员培训学校』和『洛阳市洛龙区（鑫德）名贵花木种植园』的牌子。后墙外面是垃圾场。

竹水亭桥在念中，而今履道访遗踪。
洛城风土东南胜，少傅诗篇退隐工。
故里驱车成驾校，新园防鸟挂尼龙。

旧都景色多殊昔，宅第会当一改容。

二〇一二年十月十日

伊川访陆浑

陆浑位于伊川之南，今以水库闻名，唐宋时期多名人别墅。唐代宋之问、李白、杜甫、岑参、韩愈等诗人都曾游居陆浑，并留下诗作；宰相房琯择葬陆浑，然今日已难寻旧迹。宋代理学家程颢、程颐曾著述于陆浑之屏风庄，并定居于陆浑之耙楼山下，死后葬于陆浑之白虎山东；大儒邵雍常至陆浑与二程会文议事，死后葬于陆浑紫荆山。

南下伊川访陆浑，唐风宋韵至今存。
庄留李杜吟诗影，里得邵程论道魂。
车至九皋迷路径，水盈半库乱苔痕。
伏牛山上频回首，一抹斜阳照远村。

二〇一二年十月十一日

访上观村玉真观及玉真公主修行地

玉真公主墓并修行所住石洞位于济源承留乡上观村南，村内有始建于唐代的万寿宫，即玉真观。守观人领我们找到玉真公主修炼时住过的石洞，现在已作羊圈。洞旁有古碑，碑头文字是『玉阳山　平阳洞　仙人台　显踪记』，落款部位有『大金大定十八年』字样。从石洞对面上土坡，再上一个更高的土台，即玉真公主葬地。对面窝头状山顶是玉真公主庙，右侧更高山头上是麻姑庙。

离开时，在狭窄的村路上与一队黄白相杂的羊
迎头相遇，擦身过后方意识到：这些羊的归宿
处便是我们刚才拍照的玉真公主修行过的石洞。

不作皇姑作道姑，玉真公主隐灵都。
输财但守持盈志，避祸且归曳尾涂。
道院犹存山树老，仙茔已毁月轮孤。
群羊日夕回岩洞，可见当年倩影无？

二〇一二年十月十日

观菊潭古治楹联

南阳内乡县衙，即『菊潭古治』。此中联语非常精彩。大堂：『欺人如欺天，毋自欺也；负民即负国，何忍负之。』吏房：『选官擢吏贤而举；考政核绩廉以衡。』县丞衙大门：『宽一分，民多受一分赐；取一文，官不值一文钱。』西账房：『一丝一粒，我之名节；一厘一毫，民之脂膏。』东花厅：『宠辱不惊，看庭前花开花落；去留无意，望天上云卷云舒。』最著名者：『得一官不荣，失一官不辱，勿说一官无用，地方全靠一官；吃百姓之饭，穿百姓之衣，莫道百姓可欺，自己也是百姓。』

为官原是不为钱，何况输金买重权。
执政负民如负国，坐堂欺下即欺天。
庭前绿草年年发，厅上金铭代代悬。
不忘自身仍百姓，笑他社鼠愧先贤。

二〇一二年十月十四日

张衡墓前作

张衡墓位于南阳市北二十五公里石桥镇小石桥村西，墓北约二百五十米处有平子读书台，墓东为鲁南（鲁山至南阳）老公路及鄂城寺塔。张衡作为东汉时期伟大的天文学家、数学家、发明家、地理学家、制图学家、文学家、学者，为后世天文学、机械技术、地震学的发展做出了不可磨灭的贡献。为纪念他的成就，国际天文学联合会曾将太阳系中的1802号小行星命名为『张衡星』，又将月球背面一环形山命名为『张衡环形山』。

冲和守正一奇才，测地观天伟业开。
舆鼓桴扬能记里，铜尊龙动可知灾。
二京赋罢萌归念，四思愁余寄散哀。
马鬣千年封土在，名悬星月挟云雷。

二〇一二年十月十五日

石淙会饮

『石淙会饮』，位于嵩山南麓告成镇东之石淙河。久视元年（七〇〇），武则天在石淙水边建三阳宫，并率皇太子显（唐中宗）、相王旦（唐睿宗）、梁王武三思等贵族显臣游河避暑，设宴赏乐于巨石之上。君臣十七人赋诗，大书法家薛曜书丹，刻于临水北崖石壁。史称『石淙会饮』，刻石至今尚在。

缘溪辟径访石淙，水阵山营夕照中。

一代坤元留胜迹，千秋岩壑证雄风。
刀痕瘦硬存仓颉，云影轻柔绕少嵩。
吐纳遥追周气韵，三阳神魄见离宫。

二〇一二年十月十七日

偃师城关三中谒杜墓

杜甫五十九年颠沛流离，四十三年厝坟南荒。直至唐宪宗元和八年（八一三），杜公之孙嗣业秉承宗武父命，始将杜甫灵柩归葬偃师。本人曾在二〇一一年前往湖南平江小田学校和耒阳第一中学参拜杜甫遗阡。此番前往偃师城关三中，意外发现杜甫墓近旁还立有杜甫祖父审言、十三世祖杜预墓碑，乃纪念性无穴空碑而已。

去岁平江更耒阳，今来拜墓偃师乡。

三生万日栖身苦，一死千年厝骨凉。
诗伯墓碑欣合聚，将军武库叹丘荒。
杜坟多属黉门地，故伴诗书好发扬。

二〇一二年十月十八日

观巩义新扩建之杜甫纪念馆并诞生窑

据悉：新扩建之杜甫纪念馆并诞生窑于二〇一二年四月十八日开馆，景区规划面积三百七十二亩，总投资一亿五千万（另说一亿二千万），按照国家四A级旅游景区标准建设。另：因景区不断扩建，杜甫『近邻』至有『四迁』者，二〇〇七年动迁规模最大，涉及一百十六户。

当年老杜叹迍邅，岂意今朝运转迁。

园大夥颐三百亩，资多嗟尔亿千钱。
生光画栋呈新貌，苦雨茅檐忆旧篇。
知否乡邻移故宅，归魂怎好到窑前！
二〇一二年十月十八日

荥阳鸿沟感怀

公元前二〇二年秋，争锋数年的刘邦、项羽以鸿沟划界『中分天下』，以西为汉，以东为楚。然刘邦趁项羽乏粮，越界东击楚军，终灭项羽于乌江。站在广武山楚王城上，北眺黄河，西望鸿沟，形势险峻，撼人心魄。山顶铁范铸成的『战马嘶鸣』塑像造型雄健，气韵生动，颇可想见项王乌骓马的风神。

广武山头角斗场，曾经遍野血玄黄。

鸿沟楚汉分疆界，黄石权谋较短长。
太史金章多感慨，乌骓铁马更昂藏。
向无义战春秋世，故不沽名学霸王。

二〇一二年十月十九日

商丘张巡墓前作

唐代功臣张巡祠墓位于河南商丘睢阳区，古城南门外宋河边。安史乱起，叛军安庆绪部将尹子琦率十三万精兵攻打江淮屏障睢阳，屯兵宁陵的张巡当即奔赴睢阳，与睢阳守将许远共同御敌。二人在内无粮草，外无援兵的情况下，率兵数千人，死守睢阳十个月，杀伤敌军十二万，有效阻遏了叛军南犯之势。但终究寡不敌众，城破之日，张巡与许远等三十六位将领同时殉难。

渔阳鼙鼓动睢阳，浴血输诚护大唐。
绝粒失援生死地，孤城鏖战百千场。
竹书纪传功名重，麟阁图形姓字香。
我到墓前三叩拜，山高岳立水流长。

二〇一二年十月二十日

八关斋观颜真卿书《报德记》石幢

八关斋位于商丘古城张巡祠墓之南。唐河南节度使田神功曾扶病与安史叛军大战两昼夜，保全睢阳城，自身却性命垂危。大历七年（七七二），四乡百姓设『八关斋会』，请千名僧人为其祈福延寿。颜真卿有感此事，亲自撰书《有唐宋州官吏八关斋会报德记》，刊于八棱石幢，被目为颜字中神品。

时届中唐历劫年，睢阳再度起狼烟。

三军忠勇城池在，二竖膏肓性命悬。
百姓会斋思报德，八关纪事有遗篇。
千秋颜字刊幢柱，正气神功感上天。

二〇一二年十月二十日

踏寻孟诸大泽故地

商丘东行向虞城，踏查孟诸大泽遗迹，一路询问无果。至利民镇，发现这是一处被水环抱的水中方城，有四条道路跨水通向四方。这一带地势平坦、低洼，而且水源丰富，距黄河很近，想必乃当年之孟诸大泽也。

虞城东北更驱车，贾寨蔡庄访孟诸。
大泽梁园无迹象，平台宋国已丘墟。
利民古镇环池水，司马时文赋子虚。

昔日风流俱往矣，秋烟野烧漫坤隅。

二〇一二年十月二十日

灵宝访阌乡旧县

杜甫由长安、华州返乡时，曾多次往来新安、渑池、硖石、陕州、灵宝、湖城、阌乡、潼关一路，并在湖城、阌乡留下食鱼、会友之诗篇。今两县已并入灵宝，且黄河三门峡水库拦洪蓄水时，阌乡老县城因位于海拔三百三十五米以下的淹没区，一支于一九五六年移民敦煌，一支移居阌东，大部分上移至今地阌乡村，并建牌坊以记旧乡故地之变迁。

当年杜老过湖城，凛冽寒风劣马惊。
少府凿冰开鲙馔，刘侯下榻见丹诚。
沧桑故县寻新地，牌坊阌乡寄旧情。
铸鼎轩辕曾到处，凫飞苇乱暮云横。

二〇一二年十月二十二日

潼关感怀

古潼关位于陕西省渭南市潼关县北，南踞华山，北临黄河，始建于东汉建安元年（一九六），素有『畿内首险』『四镇咽喉』『三秦锁钥』『百二重关』之称，历来为兵家必争之地。

西经灵宝两峤间，半日长驱百二关。
四塞河山同锁钥，三秦殿阙可安闲。
风吹古渡惊涛险，雨打残垣御敌难。

废址而今起崇阁，烽烟静寂改人寰。

二〇一二年十月二十二日

按：依照三门峡水库的最初规划，古潼关应该静静地躺在水库之下，所以这里成了一处弃城。然而三门峡蓄水后，水位并未到达和淹没潼关。我们来到潼关故城，先在路南的道边看到『马超刺曹古槐遗址』，继之看到高丘上正在重建的东关楼。想绕过去详看，却发现已经走到潼关西门遗址的土垣边上。夹着两边的颓垣和地上与废弃物堆积在一处的巨大石柱础，正好可以拍到远处兴建中的潼关东门楼。拆掉真的盖假的，何苦来哉！

钱冲银杏谷

钱冲村位于安陆市西部的王义贞镇，地处荆门、孝感、随州三市『金三角』腹地，环境清幽，有华中地区最大的古银杏群落：千年以上银杏树四十八株，五百年以上者一千四百六十八株，百年以上者四千六百八十三株。数量之多、年代之久为全国之最，被誉为『中华银杏第一村』。

银杏钱冲十里林，千年老干作龙吟。

满山黄叶如霞灿，一路清游踏碎金。

二〇一二年十一月二十日

按：二〇一二年十一月十七日至二十八日有湖北之游，应邀赴湖北安陆白兆山李白纪念馆参加『国际李白文化旅游节高端论坛』。会后自行考察安陆车盖亭、应城玉女汤、随县仙城山、广水小寿山等李白游踪；返程复于武汉三镇观江山胜迹，寻历史遗踪。

雨中登白兆山观李白雕像

白兆山又名碧山，位于安陆市西北十五公里，是唐代大诗人李白『酒隐安陆，蹉跎十年』的寓居之地，有千年银杏、桃花岩等李白相关遗迹多处。

秋雨霏霏起暮烟，山行迢递访诗仙。
青莲安陆成佳构，白兆桃花落旧泉。
老树千年龙蜕厚，新株百果玉晶圆。
峰巅塑像迎风立，万古昂扬望远天。

二〇一二年十一月二十日

车盖亭

车盖亭位于湖北安陆市青龙潭镇涢水西岸，因魏文帝『西北有浮云，亭亭如车盖』诗句而名之，当地俗称『凉伞石』。传说李白与道友元丹丘在此对弈，夕阳西下而难分胜负，以一石压覆棋盘之上而去，后遂长成此亭，故车盖亭又名太白棋。此处风景优美，但石上无人识得的刻书已完全风化。

青龙镇外访名亭，野旷天低滠水清。
车盖原来凉伞石，奇文旧刻尽凋零。
二〇一二年十一月二十二日

重访汉阳琴台

古琴台位于武汉市汉阳区龟山西麓，月湖东畔。始建于北宋，以纪念俞伯牙、钟子期知音相遇的春秋故事。现今建筑，乃清代嘉庆初年湖广总督毕沅主持重修时的格局。

重到月湖隔卅年，琴台犹是旧雕镌。
高山流水通真曲，绿绮焦桐记胜缘。
正乐但求夔一足，夸豪何必士三千。

黄金有价情无价，独向知音奏雅弦。

二〇一二年十一月二十六日

郎官湖小憩

龟山南麓有莲湖，系历史上郎官湖之一角。小坐曲桥方亭之侧，可见武汉长江大桥上车水马龙，遥思李白泛舟湖上，举酒赋诗，命湖郎官之雅事，颇有涵容古今之慨。

莲湖小憩望龟山，车过飞桥汽笛欢。
四座清光摇水色，诗仙曾此赋郎官。

二〇一二年十一月二十六日

寻修静寺故地得观洪山无影、宝通二塔

李白《题江夏修静寺》诗：『我家北海宅，作寺南江滨。』题注：『此寺是李北海旧宅。』《湖广通志·古迹志》『武昌府·江夏县』条曰：『修静寺，唐李邕宅，又云宋丁固宅。小塔寺，在洪山，即晋安寺。有无影塔，塔下有井名浪花井，其脉通江。』江夏修静寺在明代谭元春笔下已是『颓然瓦囊耳』。

来寻修静寺，走马到江关。

石塔原无影，林园别有山。
四重兜率净，万寿宝通闲。
峰顶浮屠立，凌霄出世间。

二〇一二年十一月二十六日

敬斋

当代古典体诗词丛刊

天然韵诗

下

宋红 著

岳麓书社·长沙

武昌观辛亥革命遗迹

出艳阳天新荆楚酒店，沿彭刘杨路东行。路的东端是首义广场，立有彭、刘、杨三位辛亥烈士塑像；南侧为辛亥革命博物馆；北侧为武昌起义军政府旧址。出军政府旧址北门，过马路是蛇山黄鹤楼景区，沿景区外墙东行，可达始建于一九二三年的首义公园，内有首义炮台、孙中山纪念碑、黄兴铜像等纪念性建置，以及建于一九〇九年的张之洞生祠抱冰堂，一说致力反对袁世凯称帝的南社诗人宁太一即被杀于此。

无限头颅血尚红，武昌首义建奇功。
英雄尽化成猿鹤，军阀纷争动角弓。
业绩犹存麟史内，丰碑永立蛇山东。
奈何海县多翻覆，江上书空寄断鸿。
二〇一二年十一月二十七日

由香江向台湾

大鹏奋翼起南溟，碧屿金环海镜青。
一路轻云铺雪絮，俯观鲲岛影娉婷。

二〇一二年十二月十六日

按：二〇一二年十二月十六日至二十九日，取道香港赴台湾自由行。

晚游台湾大学观傅钟

灯火芸台对傅园，椰林大道仰师尊。
自由独立开风气，励学敦行执圣言。
治理杏坛珍士彦，考研甲骨探文源。
斯人逝矣精神在，廿一钟声警梦魂。

二〇一二年十二月十六日

按：傅斯年于百废待举之际出任台大校长，不足两年即因过劳猝然离世。校方在校区热带植物园内修建墓园，植物园因名傅园。又铸造傅钟，以二十一响钟声作为学生上课的约号，并以此警醒台大人不忘傅校长的名言：『一天只有二十一小时，剩下的三小时是用来沉思的。』

中正纪念堂

刘项争锋战事频，成王败寇总纷纶。
阴霾褪去真容在，大树飘零末路屯。
抗志八年风骨健，牵情一叶海棠珍。
浮槎泛斗移前轸，鲲岛而今景物新。

二〇一二年十二月十八日

按：参观中正纪念堂，看到两副蒋公撰句、孙中山书写的对联，内容很能见出蒋公的心性与为人。联曰：『养天地正气，法古今完人』；

『穷理于事物始生之处，研几于心意初动之时』。又有自书联曰：『以国家兴亡为己任，置个人死生于度外。』

登台北一〇一大厦

高楼一上入云端，城市沙盘脚下观。
信义和平通大道，四维撑起海天宽。

二〇一二年十二月十八日

按： 大厦原名国际金融中心，建筑高度五百零八米，初建时为世界第一高楼。地下一层是美食街，一至五层是世界名品商铺，五层有快速电梯直达八十九层观光区，用时三十七秒，攀升速度及高度均为世界之最。观景台提供语音导览设备，环绕一周可俯瞰台北市容，忠孝、仁爱、信义、和平四条大道并在指掌之下。

钱穆故居

淡雅清幽一小楼，故园风物望中收。
枫红竹翠斯人去，始悟人天识胜流。

二〇一二年十二月二十日

按：一九六七年十月，一代儒宗钱穆应蒋介石之邀，自港赴台。次年，迁入蒋公所赠台北市士林区外双溪之素书楼，同年膺选『中研院』院士。钱先生在素书楼讲授中国文化二十年。

一九九二年一月六日，台北市宣布改故居为钱穆纪念馆，委托东吴大学管理。

阳明山林语堂故居并林语堂墓

散淡冲和一大师，暮年归养雪松姿。
死生赢取丘山卧，最爱观光日落时。

二〇一二年十二月二十日

按：故居位于阳明山仰德大道一四一号，是一幢蓝瓦白墙、有西班牙式螺旋廊柱的二层小楼，楼前有小巧的鱼池、假山，翠竹与枫树相映成趣。窗口可见竹影与枫叶，朝西的走廊每日洒满观音山的落日金辉，屋后就是他的葬地，上覆钱穆题字的黑色大理石墓碑，墓地也对着观音山。

访胡适故居

文坛革故改时新，首义名高亦凤麟。
巧证《红楼》耽考据，力推白话扫荆榛。
虚怀若谷能包举，厚德维坤但保真。
不为强权弓傲骨，书生本色足千春。

二〇一二年十二月二十一日

按：胡适纪念馆并胡适故居位于台北市南港区『中央研究院』区域内，地址是研究院路二段一三〇号。研究院区北界的马路对面是胡适墓园，墓志铭由知名学者毛子水撰文，金石名家王壮为书写。

大溪慈湖蒋公陵寝并蒋公雕像公园

称作慈湖奉化看，半生戎马总波澜。
应身好似成千佛，寂寞灵堂厝骨寒。

二〇一二年十二月二十一日

按：蒋公陵寝原为慈湖宾馆，本是一座平淡的四合院，厝柩于此，便有了肃穆之感。白墙，浅蓝色的门窗、廊柱，映衬着庭院里的龙柏、梅树、山茶，宁静安详。大门及停柩的正堂门外，有士兵站岗，军姿挺拔，纹丝不动，一如罗马教堂门外站岗的瑞士籍士兵。灵堂内悬挂蒋公标准像及『青天白日满地红』旗帜，乌黑铮亮的大漆棺椁前是黄色鲜菊花组成的十字架。

陵寝旁是『去蒋化』时代抛弃于此的蒋公塑像，后由主政此地的国民党人集中摆放于湖滨草坪，一二百尊各式『蒋公』慈湖聚首，济济一『坪』，相当地壮观，也相当地搞笑。

观二二八纪念馆有感

台湾光复孰居功，狗去猪来众望空。
反腐维权流碧血，桃僵李代泣春风。
解严贤哲除秦政，选举平民得楚弓。
一自知非能悔过，青天白日满江红。

二〇一二年十二月二十二日

按：一九四七年二月二十八日爆发的『二二八事件』，是国民党政府调集军队血腥镇压台北请愿民众，直至实行全岛白色恐怖的事件。

一九九六年，台湾当局『行政院』订定二月二十八日为和平纪念日；二〇〇三年，国民党时任主席连战就此事件向台湾人民公开道歉；二〇〇六年，时任国民党主席马英九将此事件解释为『官逼民反』，并代表国民党道歉认错。

题澄清湖蒋公静坐处

桃心树下影形孤，石凳清凉景色殊。
九曲长桥通对岸，心怀西子对澄湖。

二〇一二年十二月二十五日

按：澄清湖位于台湾高雄市鸟松区，原名大埤湖或大贝湖。一九六三年蒋公南下视察时，曾于湖边桃花心树下石凳久坐，并更湖名为澄清。湖为高雄市饮用水源，也是台湾南部著名观光景点之一，有台湾西湖之美誉。

西子湾看海

西子湾是曾名『斜湾』的一处海湾，在闽南语『斜仔湾』的引申下，谐音为『西子湾』。湾在高雄市西隅、寿山西南端山麓下，南与旗津半岛相望，以夕阳美景及天然礁石闻名。湾畔有台湾中山大学、蒋公纪念馆、高雄史迹文物陈列馆。西子夕照为台湾八大胜景之一。

海碧天清西子湾，依稀船影浅深间。

旗津半岛如眉黛，叠玉堆珠浪里看。

二〇一二年十二月二十五日

游台南赤崁楼、安平古堡忆郑成功

南明板荡见孤忠，文武知机旷世雄。
围点打援能胜战，封王赐姓署成功。
红夷俯首声威震，清帝挽联礼遇隆。
赤崁而今留史迹，登楼一眺仰高风。

二〇一二年十二月二十六日

按：赤崁楼位于台南市中西区赤崁街，前身为一六五三年荷兰人所建普罗民遮城（也称红毛楼）；安平古堡位于台南市安平区国胜路，最早建于一六二四年，古称『奥伦治（Orange）城』『热兰遮（Zeelandia）城』，是台湾地区最古老的城堡。一六六一年四月，郑成功首先攻下普罗民遮城，改普城为东都明京，设承天府；九个月后，又攻下热兰遮城，改称安平镇，作为自家府邸，结束了荷兰人在台湾三十八年的殖民统治。一六九九年，郑成功遗骨归葬福建南安祖茔，康熙帝赠联：『四镇多二心，两岛屯师，敢向东南争半壁；诸王无寸土，一隅抗志，方知海外有孤忠。』

周氏虾卷店午膳答谢杨舜宇、王秀华夫妇

虾卷酥香鱼面鲜，Q弹味美花枝圆。

主人盛意如醇酒，从此台南惹梦牵。

二〇一二年十二月二十六日

按：杨舜宇夫妇宴请领略安平镇『周氏虾卷』美食，有膨酥虾饼、乌鱼子拼白灼大虾、脆皮虾卷、花枝（墨鱼别称）圆子、填馅酥炸面包箱——『棺材板』、虱目鱼海蛎粥、野生鳝鱼面、清汤虾圆配虱目鱼丸。

游阿里山森林

一代凋残一代生，千年老树有神明。
奇形怪状峥嵘态，似诉刑余未了情。

二〇一二年十二月二十七日

按：阿里山美景，以日出、云海、晚霞、森林与高山铁路为五奇，时间仓促，所赏者唯森林一景。然一景已令人非常震撼，行于一望无际的森林氧吧，随处可见千年老树的枯根断干，幽森怪异，造型奇特，或如残垣，或如古洞，有『永结同心』『迎客松』『三代木』『象鼻木』等赋形名称。导游告曰：一八九九年日本人发现阿里山森林后伐木过多，后来为砍伐的树木建立『树灵塔』，以安置死去树木的精灵，不过建议不要对树灵塔拍照，阴气太重。

日月潭周游

眼波流动一明潭，眉黛轻晕望远岚。
绰约风姿过西子，庄严法相起伽蓝。
蒋公行馆楼涵碧，玄奘真身骨奉龛。
邵族街沽金粟酒，湖滨随饮共沉酣。

二〇一二年十二月二十八日

按：日月潭位于南投县鱼池乡水社村，是台湾最大的天然湖，由玉山和阿里山之间的断裂盆地积水而成。湖面海拔七百六十米，平均水深三十米，周长约三十五公里，碧波晶莹，湖面辽阔；四围群山环抱，重峦叠翠，山水相映，景色如画。

访新竹张学良幽居之地

大敌当前争鹬蚌，将军兵谏起西安。
千秋功罪凭谁判，百姓安危忍自残。
随驾归京臣子义，存人证史主公难。
圜丘幸有红颜在，侠骨柔情永不刊。

二〇一二年十二月二十九日

按：新竹县五峰乡清泉部落是山清水秀的世外桃源，也曾是张学良的幽禁之地。一九四六至一九五九年，张学良与赵四在这里度过十三年的孤寂时光（其间有两年在高雄西子湾）。这里五峰环绕，少有人烟，唯一条险峻山路可与外界交通。五山把天空围成圆形，置身涧谷，恰如坐井观天，又如如来佛的手掌心，让孙猴子无论怎样翻筋斗也翻不出去。如今人去楼空，却收藏了张、赵二人的一段爱情传奇。

三毛故居

清泉故地访三毛，屋对深溪老吊桥。
特立独行游世界，倾情泣血写心潮。
人间有爱书传久，天际无痕鸟去遥。
最是梦中橄榄树，经风经雨更多娇。

二〇一二年十二月二十九日

按：访张学良『故居』，意外发现河对岸小山头上竟然还有三毛故居，从具有百年历史的一号吊桥走过去刚好可到。她在这里租住三年，为丁青松牧师翻译书稿。地址是：新竹县五峰乡桃山村清泉二六二号。现今的女主人将这里开辟成一处景点，收费参观，每人二十元台币，另外还设有咖啡座，游人可以坐下来细细品味一下这里的景致与曾经的三毛。

留别秀美、晓明并台湾众亲朋

六十三年隔海天，台湾一聚续前缘。
琳琅美味乡情重，旖旎风光景物鲜。
举酒轮番留寄语，临歧歌舞动骊弦。
但求人久身长健，千里共看皓月圆。

二〇一二年十二月二十九日

游圣淘沙岛至亚洲大陆最南端

圣淘沙岛有新加坡最美的自然景观。南岸的巴拉湾是风光最美的海湾，海水淡蓝，沙滩浅黄，椰林碧绿，絮云洁白，各色休闲的人儿与远处停泊的船影共同消遣着慵懒的时光。一座细细长长的吊桥通向更南边的小岛，岛上有两座汉阙模样、阁道相通的木构望楼，乃亚洲大陆的极南点。

南到狮城极宇寰，圣淘沙岛巴拉湾。

金滩碧海无涯际，船静鸥翻各自闲。

二〇一三年二月十九日

按：二〇一三年二月十八日至二十四日，随国家话剧院『映彩诗乐』节目组出访新加坡，与新加坡华乐团在新加坡最高级别的演出场所滨海艺术中心联袂演出。本人担纲节目中古诗词的编选，并于节目构架有所建议，故亦滥竽其间。

光明山谒丁马成先生墓

曾经商海看浮沉，晚向湘灵奏雅音。
曲尽峰青人去后，光明山月见澄心。

二〇一三年二月二十日

按：常听东海先生忆起新加坡湘灵音乐社创始人丁马成先生的传奇一生及两人一见如故、订交莫逆的往事。此来狮城的附带任务是代东海业师到光明山丁马成先生灵前拜谒上香，蒙马成先生公子——湘灵音乐社掌门人宏海先生驾车引导，终偿东海先生夙愿。

新加坡滨海花园即景并呈丁宏海先生

伞张花放影娉婷，大树参天一色青。
入夜华灯迷幻彩，摩天酒肆耀明星。
深潭经雨浮龙气，曲径行人带草馨。
美意多君开罨画，蜻蜓湖畔赏蜻蜓。

二〇一三年二月二十日

按：二〇一二年六月底建成的滨海花园占地一百公顷，造价十亿新元。沿着水边的人行道一路走来，滨海湾金融区城市天际线的迷人壮景尽入眼帘，非常适合晚间游览。其中最大的滨海南花园内，人工打造了十八棵九到十六层楼高的超级树（Supertree），其实是十八座高大的垂直花园。这些巨型喇叭花模样的『树』还具备收集雨水、生成太阳能及充当公园温室通风管道等多项实用性功能，并可在树顶鸟瞰整个花园景色。宏海先生刻意引我参观了他麾下宏海环境艺术有限公司装饰在园内的『蚂蚁上树』景观和蜻蜓湖边的银灰色大蜻蜓。那是蜻蜓湖画龙点睛的一笔，很美。

新加坡乘坐摩天轮

乘轮一刹可摩天，俯瞰新城景色鲜。
逆旅金沙横舸舰，弦歌碧海出榴莲。
雄狮水射鱼身扁，宝树花开伞盖圆。
信是娲皇遗彩石，南溟从此玉生烟。

二〇一三年二月二十二日

按：四十二层楼高的飞行者摩天轮（Singapore Flyer）安置在三层的休闲购物中心楼上，总高度达到一百六十五米，超过了一百三十米的伦敦眼，是当时世界最高的摩天轮，有二十八个装有空调的座舱，旋转一周约用三十分钟时间。从摩天轮上可平观金沙酒店，俯瞰滨海花园，还能远眺四十五公里外的景色，包括印度尼西亚的巴淡岛、民丹岛以及马来西亚的柔佛州。

送小侄钧昊赴德留学

孩提嬉戏昔曾陪，斗草堆沙兴味开。
倏尔明珠裁月魄，宛然玉树倚风台。
打球游泳皆称健，德语英文各擅才。
此去莱茵期澡雪，昊天广乐逐槎回。

二〇一三年五月六日

按：小侄钧昊考上与北京语言大学有合作关系的德国康斯坦茨工业大学，将赴德学习两年，学成可获两校所授双学士学位。继两年前赋诗送侄女云帆赴美游学，今再赋诗送小侄钧昊赴德。

俄罗斯观圣彼得堡滴血教堂

倾心立宪废农奴，武略文韬起霸图。
雄视亚欧双首鹫，横行沙碛驷戎车。
河桥喋血惊民众，金碧流辉壮帝都。
可叹丰功成伟烈，挥刀华夏割神区。

二〇一三年七月十三日

按：滴血教堂以莫斯科红场瓦西里升天大教堂为蓝本，但更加精致、华丽与生动。所建之处正是一八八一年三月一日亚历山大二世沙皇被革命激进分子刺杀重伤处。亚历山大二世在位二十六年间对内解放农奴，对外拓土开疆，使俄国成为雄峙欧亚的强国，所以刺杀行动引起国人的谴责。为表哀悼之情，在出事地点建造了这座造型别致、色彩艳丽的大教堂。

然而正是这位沙俄『仁君』，在第二次鸦片战争中乘人之危，与我国清政府签订了《中俄瑷珲条约》和《中俄北京条约》，强行割占我国东北一百四十万平方公里的土地，把黑龙江从我国内河变成了两国界河，我们的库页岛、海参崴也都落入双头鹰的巨爪。至一九〇〇年，其孙尼古拉二世更把两个不平等条约中规定的在已然割占的土地上享有永久居住权的江东六十四屯、海兰泡的中国人赶尽杀绝，制造了血流成河的惨案。

面对『滴血教堂』，我心滴血，自与沙俄不同。

观『阿芙乐尔』号巡洋舰感赋

穴壁踰窗奏大功，阿芙乐尔弹包空。
揉椎成虎归虚诞，学步效颦拜下风。
回翼双头鹰隼白，伤心一叶海棠红。
专权布党七旬事，都付苍烟落照中。

二〇一三年七月十四日

颂芬兰

千湖万岛看芬兰，海阔天空草甸宽。
岩石教堂开异构，渔人商肆赏奇观。
安居百姓多盟友，入寇双邻共笑欢。
政治清明民力旺，铃兰香气满尘寰。

二〇一三年七月十六日

按：芬兰西邻瑞典，东接俄罗斯，先后被瑞典和帝俄统治，一九一七年十二月宣布独立。三分之一的国土位于北极圈内，有闻名世界的罗瓦涅米圣诞老人村。又被誉为『千湖之国』，实际有湖泊十八万七千八百八十八个、岛屿十七万九千五百八十四个。国花为铃兰。二〇〇三至二〇〇五年连续三年被世界经济论坛评为年度『世界最具竞争力的国家』，诺基亚手机响遍全球。监督世界各国腐败行为的非政府组织『透明国际』公布二〇一二年全球腐败指数报告，在一百七十六个国家和地区中，芬兰是最为清廉国家。——难怪会成为我北欧之行中最喜爱的国家。

乘坐『诗丽雅』号豪华游轮由芬兰向瑞典

从芬兰第二大海港、古都图尔库乘坐诗丽雅号豪华游轮，可达瑞典首都斯德哥尔摩。

移将城堡作艨艟，一夜穿行万岛中。
才别芬兰霞晚艳，已迎瑞典日初红。
朱唇碧眼多含笑，万货千赀尽厚丰。
身在梁园增感慨，心期但与海鸥同。

二〇一三年七月十六日

挪威松恩船游纳柔依峡湾

从斯塔望恩小镇游船码头登船，游览纳柔依峡湾（Naroyfjord）。峡湾两侧，是近浓远淡、重重叠叠的群山，景色酷似建拦腰大坝前的长江三峡，只是三峡已没有松恩峡湾这般清澈的水了！

山重水复纳柔湾，自讶巫阳北地观。
船桨翻波如切玉，濯缨洗耳掬清湍。

二〇一三年七月十九日

搭乘DFDS豪华邮轮由挪威前往丹麦

由挪威奥斯陆搭乘DFDS豪华邮轮前往丹麦首都哥本哈根。

碧海泛仙槎，琼楼百丈赊。
蜂房归凤侣，甲板奏胡笳。
酒盏承天露，餐台尽物华。
晚霞初映月，奇景令人嗟。

二〇一三年七月二十日

访丹麦哥本哈根安徒生故居

闻名天下美人鱼，新港河边有旧居。
彩笔世间传万象，童心启罢自清舒。

二〇一三年七月二十一日

按：安徒生（Hans Christian Andersen，1805—1875），丹麦作家、诗人，以童话故事闻名于世，作品被译成一百五十多种语言。著名童话有《海的女儿》《卖火柴的小女孩》《丑小鸭》《皇帝的新装》等。

在哥本哈根新港运河两岸，有他的三处故居。

观德国柏林勃兰登堡门

一七五三年始建、一七八八年重建，此后多有拆改重修的勃兰登堡门（Brandenburger Tor），位于柏林市中心菩提树大街和六月十七日大街的交汇处，是德国荣辱升沉历史的见证和民族统一的象征。

勃兰登堡凯旋门，驷马征车有战痕。
胜利女神传国史，和平民主自由魂。

二〇一三年七月二十二日

观俄莫斯科红场无名烈士墓

无限头颅血，政权可沃红？
大同新世界，万水必朝宗。

二〇一三年七月二十三日

按：《静思录——周有光106岁自选集》（人民文学出版社二〇一二年第一版）：

『一九八九年苏联社会科学院发出调查问卷：
「苏共究竟代表谁？」答案：（一）认为代表
劳动人民的7%；（二）认为代表工人的4%；

（三）认为代表官僚的85%。』（八十页，《人类历史的演进轨迹》）『先进国家无不尊奉民主制度。从神权到君权到民权是一条政权演进的路线，全世界的国家都在这条路上竞赛。』（七十五页，《全球化时代的世界观》）

南京雨花台高座寺

昔闻高座寺，讲法雨天花。
王子声名大，云师气度赊。
梅冈思太白，石苑问阿阇。
古井生甘露，清波溯永嘉。

二〇一三年十月十一日

按：高座寺始建于西晋永嘉年间，初名甘露寺，以井水美如甘露得名。甘露井至今犹存。

东晋初年西域人帛尸黎密多罗来寺讲经，人

称『高座道人』，后以『高座』名寺。相传梁武帝时，宝志禅师在此住持，云光法师山巅说法，天上落花如雨，因称讲经高台为『雨花台』。据称高座寺是雨花台二十多座古寺中唯一传存遗址者，一九四九年以后遗址先后做过招待所和雨花石苑。二〇〇二年、二〇〇九年，南京市政府进行过两次修缮；二〇一一年高座寺恢复开放。

唐李白有《登梅冈望金陵赠族侄高座寺僧中孚》诗。

二〇一三年十月十日至十一月四日，在南京邱恩惠、赵永生先生的大力支持下，以南京为中心，考察苏北、皖南等地之李白（附杜甫）游踪及六朝旧迹。

当涂青山李白墓

丹阳湖畔谷家村，落日余晖映墓园。
月桂花香金粟散，秋莲池冷碧波翻。
鹏飞豹隐非同趣，埋骨留诗亦共尊。
我礼青山长下拜，此中维系两骚魂。

二〇一三年十月十三日

按：李白墓位于安徽省马鞍山市当涂县城东南的青山西麓。唐宝应元年（七六二）李白去世，当涂县令李阳冰葬其于城南龙山东麓。李白『一生低首谢宣城』，曾有『宅近青山同谢朓』的诗句。元和十二年（八一七），李白生前好友范伦之子宣歙观察使范传正根据李白『志在青山』的遗愿，会同当涂县令诸葛纵将李白墓迁至青山西南，即今太白乡谷家村口。齐宣城太守谢朓尝筑室及池于青山之南。

访南京海军指挥学院校内之半山园

朝市山林各半程，谢公墩外少人行。
能知进退为霖雨，且看孤云出岫横。

二〇一三年十月十五日

按：北宋王安石罢相后所居之半山园，位于南京海军指挥学院校园内。『半山』者，『由东门至蒋山，此为半道，故以为名』。（《舆地纪胜》）王安石大病后舍宅为寺，宋神宗赐额『报宁禅寺』，亦称半山寺。故居东面有一高丘，即谢公墩，墩上有半山亭，置身亭中，可以俯瞰半山园。亭上旧有两块匾额，一题『谢公墩』，一曰『临风怀谢』。今只见亭东悬一新匾，上题『半山亭』。

燕子矶

纵目碑亭满眼秋，六朝旧事逐云流。
燕栖幕上巢难稳，金瘗陵西迹可求。
五马浮江延国运，群臣泣涕望神州。
寻樽坐醉诗仙石，为赏矶头夕照柔。

二〇一三年十月十五日

按：燕子矶位于南京市北郊观音门外直渎山上，为长江三大名矶（岳阳城陵矶、马鞍山采石矶、南京燕子矶）之首，号称『万里长江第一矶』。山石突兀江面，三面悬绝，远眺似石燕掠江，因此得名。旧为渡口，东晋五马渡江，清康熙、乾隆二帝下江南均在此登岸。今滨江有五马渡广场，山顶有乾隆手书『燕子矶』碑。『燕矶夕照』为清初金陵四十八景之一。南接幕府山，临江多溶洞，为江水冲击而成。相传战国时楚威王为压制此间『王气』，派人埋金于幕府山西麓金陵冈，南京城因此而称『金陵』。矶顶『酒樽石』记录着李白登临燕子矶『醉酒吞江』的传说。

古瓦官寺

花露岗前百尺楼，瓦官古寺足千秋。
玉身佛影登狮座，金粟维摩顾虎头。
一代奇珍龙蜕落，三唐佳构凤台游。
学堂漫步寻遗迹，阮籍衣冠占故丘。

二〇一三年十月十六日

按：瓦官寺位于南京花露北岗十二号，始建于晋代，后屡经毁建。清王士祯《游瓦官寺记》引唐陆龟蒙《古锦记》云：『瓦官寺有陈后主羊车一轮，武后锦裙一幅。今羊车不可见，而此裙宛然。又志，称师子国玉佛、戴安道佛像、顾长康《维摩图》，为此寺三绝，皆化去。』杜甫漫游吴越时曾于许八处乞瓦官寺维摩图样，李白则有凤凰台、瓦官阁之诗。寺旁四十三中学校园内，有阮籍衣冠冢，或言乃凤凰台故地。

南京菊花台公园

新亭对泣事堪哀，送客劳劳水不回。
仿佛六朝烟景在，寻幽我上菊花台。

二〇一三年十月十六日

按：今人考订，南京市安德门外菊花台，乃六朝新亭垒北界。《舆地志》：『新亭垅上，有望远楼。宋元嘉中，改名临沧观，今名劳劳亭是也。』

安徽滁州醉翁亭

山色环滁一例青，琅琊毓秀醉翁亭。
欧文苏字称联璧，梅影溪声入画屏。
丰乐痌瘝同在抱，民心史鉴各垂名。
让泉小啜清心肺，似有芬芳启性灵。

二〇一三年十月十八日

按：醉翁亭位于安徽滁州市西南琅琊山麓，始建于北宋庆历六年（一〇四六），因贬官至此的太守欧阳修一篇《醉翁亭记》而闻名遐迩。景区除了醉翁亭，尚有宝宋斋、二贤堂、冯公祠、古梅亭、影香亭、意在亭、怡亭、览余台、丰乐亭、让泉等诸多景观，错落有致，风格各异，宁静而幽雅。

观张良进履之圯桥

折枝进履岂平常，力士椎秦胆气扬。

一卷兵书成汉业，圯桥千古说张良。

二〇一三年十月二十五日

按：圯桥所在之下邳，即今徐州市所辖睢宁县之古邳镇。公元一六六八年七月十二日黄河决口，使一座千年古城湮没于洪水中。今日之圯桥，是正在开发建设中的张良祠景区。新建之石拱桥上塑出『圯桥』字样，是步入景区的入口，距旧桥大约南移了五十米的距离。唐李白有《经下邳圮桥怀张子房》诗。

游淮安市码头镇韩信故里感怀

早岁饥寒屡被轻，遭逢世乱敢横行。
明修暗度施奇策，易帜拔旗用巧兵。
一饭千金酬漂母，六军三杰冠群英。
只知忍辱卑胯下，兔死未防走狗烹。

二〇一三年十月二十五日

按：淮安市淮阴区有韩侯钓台和漂母祠，是明代人建在城西门外萧湖之滨的纪念性建筑。二十公里外的码头镇是韩信故里，故里被人整体承包，建成旅游点，有胯下桥、钓台、漂母岸、点将台等景观，买票参观。

过高邮

运河故道过高邮，水碧天青桂子秋。
秦驿王居存雅致，平湖古塔寄清幽。
群贤诗酒多豪壮，满壁珠玑尽劲遒。
一上东山胸臆豁，恍然四老再文游。

二〇一三年十月二十六日

按：高邮乃历史名城，古迹众多。有始建于唐代的镇国寺塔，始建于明代的盂城驿；还是宋代秦观、孙觉，清代王念孙、王引之以及当代文人汪曾祺的故乡，可谓人文荟萃。始建于北宋太平兴国年间的东山（亦称泰山）文游台，原为东岳行宫。据《高邮州志》载：『宋苏轼过高邮，与寓贤王巩，郡人孙觉、秦观载酒论文于此。时郡守以群贤毕集，颜曰文游台。』台之前室为盍簪堂，四壁嵌清嘉庆年间高邮知州师兆龙集苏东坡、黄庭坚、米元章、秦少游、赵子昂、董其昌等名家书法，由著名金石家钱泳勒刻而成，台西侧为明代所建纪念苏轼、孙觉、秦观、王巩的古四贤祠，祠后是幽静典雅的秦观读书台，再西为『映翠园』『重光亭』等建筑。

宣州谢朓楼

玄晖圆美牧之澄，一脉流波到宛陵。
怀谢青莲增逸兴，楼高叠嶂壮思腾。

二〇一三年十月三十一日

按：谢朓楼，初为南齐诗人谢朓任宣城太守时所建之『高斋』，位于城关陵阳山顶。谢朓有《高斋视事》《郡内高斋闲望答吕法曹》等诗篇。唐初，宣城人为怀念谢朓，于『高斋』旧址新建一楼，因位于郡治之北，取名『北楼』，因登楼可眺望敬亭山，又称『北望楼』。李白有《秋登宣城谢脁北楼》诗曰：『江城如画里，山晚望晴空。两水夹明镜，双桥落彩虹。人烟寒橘柚，秋色老梧桐。谁念北楼上，临风怀谢公。』由此又称为『谢公楼』『谢脁楼』，一度也称『叠嶂楼』。抗日战争时期，楼被日机炸毁，后楼址建为烈士纪念碑，一九九八年纪念碑移至郊外，在原址复建谢脁楼。

楼少为人知，我们按照当地饭馆老板的指

点，以台客隆超市为地标找到谢朓楼，然楼已不能登眺。楼之所在，今名市府山，市府广场上还有谢朓坐像。左近有宣州博物馆。

安徽泾县桃花潭

清幽恍入武陵源，如黛青山绕野村。
十里桃花潭水冷，万家酒店曲尘温。
踏歌古岸存风谊，赠答华章耀玉轩。
一自乘舟行去后，此间世代仰诗魂。

二〇一三年十一月一日

按：游水东桃花潭，观文昌阁、翟氏祠堂、南阳古镇、踏歌古岸，之后搭摆渡船至泾水西岸，观西岸之怀仙亭、彩虹岗、彩虹桥、万家酒店、汪伦墓等处。此汪伦踏歌为李白送行处。

贵池曹村见青莲寺、太白长啸处、太白石床

秋浦曹村远，驱车过九华。
两山连竹树，一径走龙蛇。
白笴山岩仄，青莲寺路赊。
龙舒河水浅，狮卧岭云斜。
当日仙床在，吟啸对蒹葭。

二〇一三年十一月二日

按：李白有《游秋浦白笴陂二首》，『白笴陂』

位于安徽省池州市贵池区棠溪镇曹村的龙舒河畔。龙舒河乃秋浦河东岸支流，蜿蜒百里直至九华山下。『人文池州网』记今曹村太白相关遗迹有：村西狮形山下的青莲洞、青莲洞前的青莲庵、青莲洞口的『太白长啸处』『太白石床』摩崖。

石门高

千古棠溪一石门，峰环岭护有高村。
满山红紫青黄处，桃坞循波觅旧痕。

二〇一三年十一月二日

按： 由曹村前往棠溪镇石门高千年古村，这里因山为城，以石为门，百分之九十以上村民姓高，因称『石门高』。石门背靠九华，旁连神龙谷，距池州市区五十公里。唐天宝年间，李白漫游秋浦，曾由白笥陂至石门高，会友桃花坞，同上九子山。

我们追步诗仙，偶遇池州市一队骑车过来采风的资深旅友，惜时间紧迫，无法与他们同游。

万罗山江祖石

一道清溪展画屏，万罗江祖影娉婷。
诗仙垂钓知何处，水绕云回万木青。

二〇一三年十一月二日

按：万罗山风景区位于安徽省池州市贵池区，北距城区十公里，由万罗山、清溪河、江祖山三部分组成。北流的清溪河环万罗山转弯向西，江祖山位于河的北岸，与万罗山隔岸相对。江祖石乃江祖山突入河中的一座石阜，上有李白钓台，转弯处的河水在江祖石下汇成深潭。李白《独酌清溪江石上寄权昭夷》诗曰：『我携一樽酒，独上江祖石』『永愿坐此石，长垂严陵钓』。《秋浦歌十七首》之九曰：『江祖一片石，青天扫画屏。』今日寻踪而来，眼前景色依然宛如画境。

山东济宁太白楼

太白楼位于济宁市任城区太白楼中路，是明洪武二十四年（一三九一）建于济宁州南城墙上的纪念性建筑。一九八七年，济宁市在太白楼建立李白纪念馆。

宣城拜罢访任城，太白楼中对晚晴。
梗泛萍漂人去后，神州处处显诗名。

二〇一三年十一月十五日

按：二〇一三年秋，应正在清华大学美术学院攻读研究生的好友郭睿之邀，参加他在家乡济宁举办的个人画展开幕式。因此有了十一月十四日至二十二日的山东访古之游。

济宁王母阁湖又名古南池

新浚南池景色鲜，杜公作客泛游船。
遥思菱熟蒲荒日，东郡趋庭恰妙年。

二〇一三年十一月十五日

按：杜甫《与任城许主簿游南池》诗曰：『秋水通沟洫，城隅进小船。晚凉看洗马，森木乱鸣蝉。菱熟经时雨，蒲荒八月天。晨朝降白露，遥忆旧青毡。』今济宁城南王母阁湖立有『古南池』牌楼，然杜诗曰『秋水通沟洫，城隅进小船』，所谓南池当指南城楼下的护城河，因秋季水涨，护城河里才能进得小船。『池』者，『城池』之『池』也。太白楼东侧园内有一『古南池』石额，以太白楼建于南城墙之上，至少在明代人眼中太白楼下即南池旧地。指王母阁湖为南池，只能算是对杜甫的一种纪念。

观武梁祠汉画像石

减地雕形细写真，庖厨畋猎各传神。
嘉祥瑰宝传千载，屏气倾心羡古人。

二〇一三年十一月十六日

按：武梁祠位于济宁市嘉祥县武翟山（旧称紫云山）下，内部保存了东汉末年武氏家族墓葬的双阙和四个石祠堂的石雕装饰画，其中以武梁的祠堂为最早，故名。现存画像石四十三块，多用减地阳刻加细线阴刻之法，以阳刻雕出外形，阴刻描绘细部。雕刻精细，造型生动，取材广泛，包括人物故事、神话传说以及车马出行、水陆攻战、宴筵乐舞、庖厨畋猎等，从不同角度反映出东汉时期的社会状况、风土人情、典章制度、宗教信仰，不仅是精美的古代石刻艺术品，也是研究东汉时期政治、经济、文化的重要实物资料。

兖州金口坝青莲阁

青莲阁下且徐行，金口秋波别样清。
李杜同游成往事，沙丘城上耀双星。

二〇一三年十一月十九日

按：金口坝位于兖州城东泗河、府河（古洙水）、沂河交汇处，所以坝西有村名曰『三河村』。

青莲阁位于金口坝之北、泗河西岸，南距金口坝约二百米，靠近东环城路及兖州市铁路医院。青莲阁是为纪念李白而建的一幢阁楼，两层三间，砖木结构，初建时间无考。明代嘉靖年间知县李知茂重修，后倾圮。清道光年间邑令冯云鹓重建。一九八五年公布为济宁市重点文物保护单位。一九九六年，兖州市文化部门对其进行重新修缮，并立碑纪念。然至我们此番前来，已是楼门紧锁，楹联脱落，山墙开裂，椽檐朽损，院内杂草丛生，景象荒凉。

兖州少陵台

当年杜二上南楼，裘马轻狂到兖州。
风雅沧桑千载后，少陵台下水长流。

二〇一三年十一月十九日

按：台在兖州市九州东路中段，即原少陵东街与少陵西街分界处。杜甫《登兖州城楼》诗曰：『东郡趋庭日，南楼纵目初。』南楼，兖州南城楼。明初，朱元璋第十子朱檀被封为鲁王，就藩兖州，南扩兖州城时，特将杜甫所登南城楼的城墙保留一段，改建成台，因称少陵台。清初又在台上增修八角凉亭『月云亭』，亭中立杜公造像碑，『南楼秋月』遂成兖州八景之一。一九五六年移碑拆亭，改建报警岗楼，上安装防空警报器。今日前来，少陵台上的报警器还在，台西侧院门口挂着『兖州市人民防空办公室』的牌子，台东侧是公安局，台东北角可通台顶的台阶入口被近一人高的水泥墙封堵，无法登眺。南隔马路，洸府河向西南流过。

徂徕山访李白遗踪

竹溪佳境访摩崖，六逸徂徕处处家。
礤石峪中松瀑乱，隐仙观侧水流斜。
危岩累卵堆千石，曲径回肠走一车。
红日西沉抬望眼，远峰独秀似莲花。

二〇一三年十一月二十日

按：《唐才子传》『李白』条：『更客任城，与孔巢父、韩准、裴政、张叔明、陶沔居徂徕山中，日沉饮，号「竹溪六逸」。』今徂徕山西南麓的乳山二圣宫景区半山上有金代明昌年间泰安人安升卿所书『竹溪佳境』题刻，景区还有传为李白笔墨的『观涛』『独秀峰』摩崖。另，位于徂徕山东南麓隐仙观景区的礤石峪有『竹溪』题刻和六逸堂，堂内有李白塑像，传为『六逸』隐居处。

汶上县白石乡水牛山

金车铁甲战蚩尤，触石冲尘到小楼。
混沌乾坤还逐鹿，迷茫烟霭正烹牛。
擘窠字美岩头凿，裂壁声沉地底流。
眼见愚公破山尽，夕阳无语黯然收。

二〇一三年十一月二十一日

按：水牛山位于汶上县白石乡小楼村东南约一公里处，山南壁有佛龛洞，洞口外右侧石壁上有北朝《文殊般若经》摩崖。今人考证，石刻为北齐僧人安道一书丹并摹刻，具有十分重要的史料和书法价值。

水牛山，据说因李白足迹曾到而改名太白山，于是慕名前往。山因出产白石而被掘地数十米，机声裂地，粉尘蔽天，唯摩崖处的山石尚且保留。

新年试笔『喜大普奔』

喜从净处看流年，大地春回入瘴烟。
普世心期澄海县，奔腾骏马著吟鞭。

二〇一四年一月一日

北京直飞多伦多

昔年逐日到荷兰，转瞬今看枫叶丹。
梦罢周天航迹在，西洋清浅若湖湾。

二〇一四年四月十四日

按：二〇一四年四月十四日至四月二十九日有美国、加拿大之游。前岁游欧陆，飞机由北京起飞，西北经俄罗斯直飞荷兰。今游美、加，飞机东北飞，经沈阳越俄罗斯过白令海，穿北冰洋直飞向美洲大陆。航图显示：加拿大多伦多位于美洲大陆东部，靠近大西洋西岸，与欧洲的荷兰隔大西洋相望，如飞跃大西洋，欧美之行恰于北半球上空环绕一周。

加拿大多伦多喜与李彤学兄并旧友相聚

印第安人语有魔，友朋喜聚多伦多。
暌违岁月如醇酒，言笑殷勤若缓歌。
一盏清茶通款曲，两行翰墨看婆娑。
相思不必催鸿雁，万里直航可切磋。

二〇一四年四月十四日

按：多伦多为『十六天美加深度游』第一站。
到达当晚，彤兄携嫂夫人杨诚枉驾旅舍相见，
恰林东海先生老友、上海学林出版社首任社长

雷群明先生及夫人王龙娣老师亦在多伦多，故同聚相叙，其乐融融。翌日，曾在人民文学出版社有过多次书籍装帧合作的旧时同事翁涌亦来相见。他乡遇故知，殊觉快慰。『多伦多』，印第安语意为『相聚之处』，此言不虚也！

尼亚加拉瀑布

旖旎风光布法罗，伊湖碧水乱翻波。
奔雷万马同归壑，蹄迹浪花壮九河。

二〇一四年四月十五日

按：第二日行程单：『早餐后市区游览……后乘车前往布法罗，游览世界著名的尼亚加拉大瀑布；这个举世闻名的大瀑布是伊利湖湖水从一百八十米高流入安大略湖，水势汹涌澎湃，宛如万马奔腾。』景区内实有三个瀑布：『美国瀑布』（American Falls）、『新娘面纱瀑布』（Bridal Veil Falls）和『马蹄瀑布』（Horseshoe Falls），通常指状如马蹄的马蹄瀑布为大瀑布。『尼亚加拉』，印第安语中意为『雷神之水』。

渥太华与景琳学兄匆聚

走马来观渥太华，枫糖红叶若仙花。
暌违卅载情如昨，国会山庄小驻车。

二〇一四年四月十六日

按：此番由多伦多前往蒙特利尔道经渥太华，蒙景琳兄与导游多番联络，终于赶到行程景点国会山相见，同登和平塔，并于车边快谈，聚虽时短，同窗情谊，足慰心怀。

蒙特利尔自由行

蒙城风景自清幽，一上皇山豁眼眸。
楼矗林攒云影淡，桥横虹跨水波柔。
居民行善欣援助，地铁交通乐壮游。
圣子双亲留圣迹，甘棠遗爱注心头。

二〇一四年四月十七日

按：蒙特利尔（Montreal）坐落于加拿大渥太华河与圣劳伦斯河交汇处，是加拿大第二大城市、魁北克省最大城市。行程安排是组织自费参观魁北克古城，每人一百六十加元。感觉有点舍近求远，于是花十加元买了全日地铁、公交通票，自行游览蒙特利尔制高点皇家山，以及圣父、圣母大教堂和中国城。尽管不通外语，却在这个英法双语城市得到很多热心市民的帮助，不然何以能找到景点并顺利返回？

自由女神

独立沧波火炬红，自由神女耀寰中。
人权天赋开新界，民主潮流自向东。

二〇一四年四月十九日

按：美国自由女神像矗立于美国纽约州纽约市哈德逊河口附近的小岛上，是一八七六年美国独立一百周年时法国赠送的礼物，由法国著名雕塑家巴托尔迪设计完成。女神身着古希腊风格的服装，头冠有象征世界七大洲的七道尖芒，右手高举象征自由的火炬，左手捧着刻有『一七七六年七月四日』的《独立宣言》，脚下是打碎的手铐、脚镣和锁链，象征自由与挣脱暴政的约束。

费城自由钟

十三州郡义旗红，挑战王权奏大功。
领袖群伦华盛顿，人间撞响自由钟。

二〇一四年四月二十日

按：『自由钟』（Liberty Bell）现位于费城独立广场玻璃房内，是美国独立的象征。当年北美的十三个殖民地（即独立时的十三个州）宣布脱离英国统治，独立建国时，就曾敲响此钟。一七七六年七月四日，伴随着洪亮的钟声，

《独立宣言》首次在此公诸于世。如今每逢美国国庆日七月四日，都会敲响象征美国独立的钟声。——钟最初是一七五一年由宾州议会以一百英镑的价格从英国订购，第二年大钟运到费城，试敲时即已破裂，一年后由两个当地铸造工重铸。

林肯纪念堂前观华盛顿纪念碑

林肯堂前立，来观纪念碑。
方尖池倒影，朝夕水横陂。
草嫩风多软，樱繁树半垂。
政通民自乐，感慨望星旗。

二〇一四年四月二十日

按：为纪念美国第十六任总统亚伯拉罕·林肯而建的林肯纪念堂（Lincoln Memorial），是一座通体洁白、由花岗岩和大理石构成的古希腊神殿式方体建筑，位于华盛顿国家大草坪西端，与东端的国会大厦遥遥相望。建在二者轴线上的华盛顿纪念碑是一座大理石方尖碑，为纪念美国首任总统乔治·华盛顿而建，乃华盛顿市的中心点。站在林肯纪念堂东侧，是眺望华盛顿纪念碑的最佳位置，纪念碑的碑身可完整倒映在倒影池中。——朝夕湖畔，还有用以纪念美国第三任总统、《独立宣言》主要起草人杰弗逊的古罗马神殿式圆顶建筑杰弗逊纪念堂。

横越美国

乘风万里航，横跨东西洋。
峡谷深沟险，平畴界尺量。
丰饶疆土大，快乐子民康。
百载苍天佑，前驱运祚长。

二〇一四年四月二十一日

按：乘坐美国国内航班，由东海岸之华盛顿飞往西部之拉斯维加斯，舷窗下可俯瞰科罗拉多大峡谷及艾尔米德湖全貌。

拉斯维加斯即景

活色生香梦幻中，灯屏水幕绚霓虹。
风光旖旎金泉涌，沙漠奇葩别样红。

二〇一四年四月二十一日

按： 到达当晚入住带有CASINO（老虎机）的FIESTA酒店。酒店很大，四面有门，我们的福特旅行车停在专供残障车通行的偏门。感觉酒店地处偏僻，其实从正门出来就是灯红酒绿的美丽夜景。交出六十五美元可在导游引领下夜游；不交钱，做好功课，可以自行夜游。

由拉斯维加斯前往科罗拉多大峡谷

沙碛驱车莫哈维，远山如浪竞相围。
胡夫水坝翩然过，艾米德湖映日辉。

二〇一四年四月二十二日

按：由赌城拉斯维加斯前往大峡谷，公路穿行于莫哈维沙漠（Mojave Desert）之中。这是美国最大的沙漠，从南加州到内华达州，从亚历桑那州到犹他州，恣肆四个州，横行数万里；沙漠中的死亡谷也是北美洲海拔最低的地区。

沙碛中时见低矮的灌木和形状奇特的约书亚树，一路飞沙走石，让人联想到中国的河西走廊。

科罗拉多大峡谷

劈山裂地有红河，峡谷峥嵘景色多。
叠彩层岩生幻相，雕型巨堡若天魔。
狂风撼石惊心魄，怒水翻澜乱眼波。
恍惚身临三界外，人间回首烂樵柯。

二〇一四年四月二十二日

按：大峡谷是科罗拉多河的杰作。发源于科罗拉多州落基山脉的河水，在主流与支流的上游已刻凿出黑峡谷、峡谷地、格伦峡谷、布鲁斯峡谷等十九个峡谷，而最后流经亚利桑那州多岩的凯巴布高原时，创造出令人震撼的大峡谷奇观。『科罗拉多』，在西班牙语中意为『红河』，因河中夹带大量泥沙，河水常显红色，故名。

温哥华斯坦利公园

狮门桥影海中函，近看图腾远看帆。
举世闻名斯坦利，参天古木有红杉。

二〇一四年四月二十四日

按：斯坦利公园北临巴拉德湾，西临英吉利湾，是北美地区最大的市内公园。园内耸立着印第安原住民所制图腾柱，森林区是以红杉等针叶树木为主的原始森林。隔海湾可远眺市区摩天大楼群及新地标建筑五帆酒店；狮门铁桥的远端，北温哥华的景色也历历在目。

西雅图

昔赏星巴克，今来翡翠城。
太空针塔美，普捷海湾清。
天碧云如洗，郁金蕊正明。
徘徊留晚照，明日是归程。

二〇一四年四月二十四日

按：西雅图，别称『翡翠之城』，星巴克咖啡和《植物大战僵尸》游戏的诞生地。一九六二年为二十一世纪博览会修建的太空针塔

（Space Needle）是最特别的地标建筑。音乐体验中心（Experience Music Project）的独特造型与派克市场（Pike Place Market）的郁金香鲜花也令人难忘。

贺林家新得贵子

德赛日昌明，清和万汇萌。
金牛迎马到，白矢向弧横。
子女成双好，花林不独荣。
祥麟初露角，济美振家声。

二〇一四年五月四日

大名观淇水

绿竹猗猗咏卫歌，今瞻淇奥碧绫罗。
临河不见琅玕影，物候人文共逝波。

二〇一四年八月八日

按：蒙邯郸佳主人郭培伦先生全力支持与襄助，二〇一四年八月七日至十四日，有邯郸访古之行。

邯郸广平县清漳村、大寨村访李白遗踪

大名辞宝鼎，枉驾过梨乡。
照眼骄阳艳，迎风细柳长。
驻车招旷士，联袂到清漳。
庭院寻踪迹，诗篇上粉墙。
新碑题意古，太白姓名香。
未遇桑园女，惟看草地羊。
小村称大寨，旧治考新隍。

邑设临衢宴，弦歌想盛唐。

二〇一四年八月九日

按：由大名出发，经梨乡魏县至广平，县政协王书亮、贾学志、刘增才先生引领至清漳村考察李白遗踪。正在重新修建的村委会院内有新立仿唐四方碑，碑上仿刻唐碑残迹，院墙粉壁上录有李白访侄诗《赠清漳明府侄聿》。刘先生又引至大寨村看城隍庙。二〇〇四年所立城隍庙重建碑记曰：『此地东周属蒲地，西汉置列人县，隋置清漳县，历唐宋金元皆为经济文化重镇，后因漳河泛滥，城址尽废，县治西迁今之肥乡，独城隍庙得存，实为一方名胜古迹。』后为侵略日军炸毁。今城隍庙是『于原址按原样重建』，历时十年始成。此城隍庙正可说明清漳县县治位置，从而说明李白游踪之所到。

肥乡平原君墓

际会风云战国年，平原公子自翩翩。
杀姬谢躄能留客，歃血囊锥更养贤。
守法奉公尊国士，疏财仗义退狼烟。
史公列传传声口，今日肥乡拜墓田。

二〇一四年八月九日

按：肥乡县城广安路有平原君广场，由广场外路口向东，再向南，五公里外加油站附近路口进小路，行至西屯庄村向西，再向北拐可到平原君墓。全程近十一公里。

邯郸丛台

邯郸千古说丛台，赵武灵王阅阵来。

敢引胡风移旧俗，七强逐鹿竞雄才。

二〇一四年八月十日

按：丛台位于邯郸市丛台区，相传始建于战国赵武灵王在位时期（前三二六—前二九九），是赵王检阅军队与观赏歌舞之地，古称『武灵丛台』。颜师古《汉书注》称，因楼榭台阁众多，『连聚非一』，故名『丛台』。今台为明清时期重修，已无连聚之势，台周辟为丛台公园。

黄粱梦

富贵荣华一梦中，亦真亦幻古今同。
栩然枕上成蝴蝶，终下鲲鹏九万风。

二〇一四年八月十日

按：黄粱梦吕仙祠位于邯郸市北十公里黄粱梦镇，始建于宋代，依唐代沈既济传奇《枕中记》而建。相传卢生遇神仙，做黄粱美梦即在此地，俗称卢生庙、邯郸古观。明清时代及一九八四年曾有大规模修复。

登赵王城遗址

高楼远树绕城隈，黍稷离离秀玉堆。
千古兴亡成一叹，夕阳无语下龙台。

二〇一四年八月十日

按：赵王城亦称赵都宫城，位于邯郸市西南郊约四公里处，由东城、西城、北城三个小城组成，总面积五百一十二万平方米。至今保留了地表以上夯土城墙约八公里，四周有城门遗迹多处，内部有布局严整、星罗棋布的建筑基台。其中最大的一座在西城，被称为『龙台』，是当时赵王执政之处，是现存最完整的战国时期古城遗址。

永年弘济桥

滏水千年映石桥，弘安二济若双娇。
拱环半璧悬琴瑟，合与春风奏《九韶》。

二〇一四年八月十一日

按：弘济桥架设于永年区广府古城城东二点五公里的滏阳河上，近有东桥村，距邯郸市中心二十公里。外形与建于隋代又名『安济桥』的赵州桥非常相似，被视为赵州桥的姊妹桥，明万历年间重修。弘济桥是我国目前保存最完好的古代石拱桥之一，具有极高的艺术价值和历史价值，是国家级重点文物保护单位。

邯郸赵苑公园照眉池

当年骑射亦风流，舞榭歌台起赵讴。
树影婆娑插箭岭，春光旖旎梳妆楼。
照眉池里惊鸿渺，铸剑炉前壮士遒。
慷慨悲歌成往事，江山胜迹供清游。

二〇一四年八月十一日

按：赵苑公园位于邯郸市西北部，东临京广铁路，北临联纺西路，南临丛台西路，西临铁西北大街，总占地一千一百余亩。大约二千三百年前，赵国第六代国君赵武灵王实行胡服骑射改革，曾在这里带领将士苦练骑马射箭。苑内保留了插箭岭、南北梳妆楼、铸箭炉、皇姑庵、汉墓、照眉池等遗址，是一座融历史、人工景观与自然生态于一体的综合性公园。

北响堂山石窟

时届中元拜响堂，宝珠火焰艳秋阳。
纤腰袅娜雕神女，石艺佛心发圣光。

二〇一四年八月十二日

按：响堂山又名鼓山，位于邯郸市峰峰矿区内。北响堂山石窟位于鼓山天宫峰西坡，共有大小石窟二十余座，重要石窟九座。其中大佛洞高十二米，进深与宽度亦大致相当，是最为壮观、雕刻最精美且开凿时间最早的洞窟。开凿年代大约在北齐时期（也就是公元六世纪），主体工程的完成在北齐初年，距今已经有一千四百五十多年的历史。洞窟结构为中心方柱式塔庙窟，柱三面各凿一大佛龛，塔柱上部与窟壁又设二十列龛；墙壁上装饰的『宝相花』图案为响堂山所独有，由火焰宝珠、相轮、莲花组成。继大佛洞之后，唐宋元明清各朝均凿有小窟。

邺城遗址

三分霸业起阿瞒，汉鼎移来魏祚寒。
铜雀台荒冰井冷，邺西陵废豹祠残。
称雄乱世权谋重，顾妾余香涕泪干。
剩有遗篇传海内，漳河流水卷波澜。

二〇一四年八月十三日

按：邺城遗址位于临漳县西南十三公里的漳河北岸，距邯郸市四十公里，始筑于春秋齐桓公时。曹魏、后赵、冉魏、前燕、东魏、北齐先后以此为都，北周时为杨坚焚毁。地表上残存的金凤台（金虎台）、转军洞以及铜雀台、冰井台遗址、古柏等为曹魏遗迹。曹操《遗令》曾嘱姬妾『时登铜雀台，望吾西陵墓田』。又云『余香可分与诸夫人……诸舍中无所为，可学作组履卖也』。清查慎行《曹操疑冢》诗曰：『分香卖履独伤神，歌吹声中穗帐陈。到底不知埋骨地，却教台上望何人。』

长安灞桥遗址

昔日唐人咏灞桥，今来遗址亦魂销。
杨枝折尽离情在，流水千年复带潮。

二〇一四年八月二十七日

按：灞桥，建于隋开皇三年（五八三），唐至宋代沿用，元废，是中国迄今发现的时代最早、规模最大的多孔石拱桥。由于长安至关东三条要道在灞河至长安城之间并为一路，中间以灞桥连通，故地位十分重要。长安人送客东行多在此折柳赠别，故又名销魂桥。李白有「年年柳色，灞陵伤别」的名句。每逢春季，柳絮飞舞如风卷雪花，「灞柳风雪」成为「关中八景」之一。灞桥遗址位于西安市灞桥区，一九九四年当地人在灞河取沙时意外发现。

二〇一四年八月二十六日至九月九日，赴陕甘两省考察李杜游踪，得到平凉周奉真、李世恩，天水李茏等先生的大力支持。

长安昆明池遗址

吹花萑苇碧连天，不见汉家旧战船。
织女愁成石婆老，沧桑陵谷又千年。

二〇一四年八月二十七日

按：昆明池为汉武帝元狩三年（前一二〇）于长安西南郊所凿，引沣水为池，周围四十里，广三百三十二顷，以习水战。池边置石雕人像，东牵牛，西织女，以象天河。宋以后昆明池湮废，但立于斗门街道东边的牛郎和街东六里常家庄村北的织女石刻（俗称石爷、石婆）却准确标明了昆明池的东西两岸。常家庄附近还有织女寺，当地人称石婆庙。

观未央宫遗址

宫室堂皇数未央，高台北向眺椒房。
驱车路转石渠阁，典籍千秋散妙香。

二〇一四年八月二十九日

按：长乐、未央、建章三宫是汉长安城最著名的宫殿群。未央宫位于城的西南部，周长约十一公里。遗址整理面目清晰，已探明的汉代道路铺黄色石子，尚未明确的道路铺青色石子；建筑遗址中夯土位置铺黄色石子，室内铺青色石子，庭院铺白色石子，设计构思简洁而巧妙。道经宫殿北部扬雄、刘向、司马迁曾经工作过的石渠阁、天禄阁遗址，更令人怦然心动。

过彬县

老杜当年赋《北征》，邠郊入地水渟泓。
寻踪才过开元塔，佛寺清凉起梵声。

二〇一四年九月一日

按：彬县（现为彬州市）周时为豳，唐时为邠，位于陕甘两省交界处，咸阳市西北部，地处渭北塬区。南距西安一百五十公里，西距甘肃平凉一百六十公里，是连接秦陇的咽喉要道。

从西安经彬县向平凉，三一二国道在彬县

境内的几个连续下坡，以及道路最右侧设置的失控车辆自救车道——在下坡路段边上修一个上行的小坡，足以印证杜甫《北征》『邠郊入地底，泾水中荡潏』的诗句。县城紫薇山下有开元宋塔。西行十公里，西兰公路旁的清凉山有大佛寺，二〇一四年六月作为中国、哈萨克斯坦和吉尔吉斯斯坦三国联合申遗的『丝绸之路：长安—天山廊道路网』的一部分，成功入选《世界遗产名录》。

平凉崆峒山

黄帝西巡访广成，峡中泾水水弹筝。
香峰鹤洞出云外，一上崆峒六欲清。

二〇一四年九月二日

按：崆峒山位于甘肃省平凉市城西十二公里处，东瞰西安，西望兰州，南邻宝鸡，北抵固原，是古丝绸之路西出关中之要塞，流传着黄帝问道于广成子、司马迁西至崆峒的佳话，具有极高的观赏、文化和科考价值。

天水麦积山

山如麦垛尽雕形，展诵千年《般若经》。
远眺南岗香积寺，重峦妩媚黛螺青。

二〇一四年九月三日

按：麦积山以山形酷似农家麦垛之状，故名。造像石窟凿于高二十至八十米、宽二百米的垂直崖面上。存有窟龛一百九十四个，泥塑、石胎泥塑、石雕造像七千八百余尊，壁画一千三百余平方米。

麦积山石窟为中国四大石窟之一，被誉为『东方雕塑馆』，其它三窟为：龙门石窟、云冈石窟和敦煌莫高窟。二〇一四年六月二十二日，在卡塔尔多哈召开的联合国教科文组织第三十八届世界遗产委员会会议上，麦积山石窟作为中国、哈萨克斯坦和吉尔吉斯斯坦三国联合申遗的『丝绸之路：长安—天山廊道路网』中的一处遗址点成功列入《世界遗产名录》。

天水西枝村、柳家河、东柯谷访杜甫遗踪

柳家河畔访祠堂，草屋幽清倚断墙。
佐侄柴门枝脉续，赞公土室路旁荒。
街亭蜀阁尊诗圣，柯谷唐槐陨电光。
当日凄惶无定所，而今陇右诵华章。

二〇一四年九月三日

按：西枝村外路边高坡上有赞公土室，虽已坍坏，仍可看出些许形貌。相近的柳家河村，亦名『子美村』，有仅

建好院墙便已撂荒的杜甫祠堂，祠堂墙外是上了锁的杜甫草堂，人道乃杜甫与侄杜佐居住之地。村昔有九股松、八股槐，今松已被伐去，槐树亦遭雷火劈掉一杈。

沿东柯河公路东行可到街亭古镇。古镇西街口的城门楼内面匾额『观音阁』，外面匾额『子美阁』，阁楼二层上有杜甫塑像。东街口门楼外有小山，半山有『诗圣亭』，山顶崇福寺匾额曰『势揽东柯』。

南郭寺

钟灵毓秀慧音山，南郭杜公上笔端。
汉柏虬枝连日曜，唐槐凤叶蔽云班。
诗书二圣奇双璧，泉石千秋妙九寰。
拜罢秦州少陵像，秋声飒飒起危峦。

二〇一四年九月三日

按：南郭寺位于甘肃天水市城南两公里处的慧音山坳，建寺已有一千多年的历史，为陇右第一名刹，内有天王殿、钟鼓楼、禅林院、关圣殿、杜少陵祠、北流泉等建筑名胜，以及集二王字刻杜诗的二妙轩、杜甫雕像等新增景观，另有唐槐汉柏，『南山古柏』为天水八景之一。杜甫流寓秦州（今天水）时，写下『山头南郭寺，水号北流泉。老树空庭得，清渠一邑传』的著名诗句。

盐官镇观盐井

礼县观盐井，周回泛碱霜。
诗碑温杜句，卤水试沾尝。

二〇一四年九月四日

按：盐官镇位于礼县东北部，盐官河两岸。东接天水市、徽县，西邻西和县；西汉水、峁水河流经此地，十天高速、S306公路过境。杜甫自秦州往成县路经此地，曾留有『卤中草木白，青者官盐烟』等诗句。盐官镇盐神庙院内就是盐井。井旁是刻有杜甫《盐井》诗的碑亭。井水就是盐卤，咸；井边泛着盐霜的土更咸。

石堡村寻法镜寺大佛像

一路蜿蜒到曲隈，旁观山势若飞来。
相询果有伽蓝迹，佛像危岩历劫灰。

二〇一四年九月四日

按：法镜寺又名石堡石窟，位于甘肃西和县城北十二公里的石堡村，窟龛开凿于五台山支脉飞来山南北两侧的山岩上。由礼县沿穿山公路蜿蜒南行，进入石堡村地界后，在道路两侧岩壁上可看到魏晋时期雕凿的大佛。道路右侧的两尊位置低平，『文革』时期被凿掉了佛头，现今被村民补上，但很粗陋，貌似土地爷爷与土地奶奶；道路左侧伸进去的半山上，大佛应是原貌，未遭破坏。老杜有《法镜寺》诗。

仇池山

千回百转上仇池，云外桃源有异姿。
鸡犬莫惊泛槎客，泉通鱼穴看星移。

二〇一四年九月五日

按：仇池山位于甘肃省陇南市西和县南境的大桥镇，海拔一千七百九十一米，自然高度七百九十三米，南北走向，宛如巨轮。西崖山顶有伏羲庙、仇池国遗址、西和县大桥镇仇池小学。站在西崖向西看，是西高山，与仇池山形貌非常接近。仇池，或即两个相对的城池。

山下是西汉水与洛峪河交汇处。

仇池山又以洞景闻名，有石洞清泉澄碧，映照星月，因名『小有天』；仇池山下、西汉水边的青石崖脚有小石洞，泉眼如碗口，因每年清明前后，有尾尾银鱼随水跃出，人称『神鱼洞』。杜甫诗中所咏『万古仇池穴，潜通小有天。神鱼今不见，福地语真传』当即指此。

青羊峡、坦途关

青羊峡口接龙门，兀立双岩若虎蹲。
水浅关开迷旧迹，摩挲碑刻吊诗魂。

二〇一四年九月五日

按：十里乡青羊峡位于青羊村北，路口立有『青羊峡』石碑。过青羊峡即是石峡镇坦途关（坛土关）。石峡镇地当秦陇入蜀孔道，古龙门水（今石峡河）流经其境。北魏时，曾在此置龙门戍，唐时置龙门镇。公路边曾立着刻有杜甫《龙门镇》诗的石碑。这类标明杜甫行迹的诗碑据说目前只剩下『青阳峡』一块了。

汉『三颂』之成县《西狭颂》

蚕头燕尾气高浑，别具风徽势若奔。
方整圆融间架妙，千年峡水慰精魂。

二〇一四年九月六日

按：全称《汉武都太守汉阳阿阳李翕西狭颂》，又称《惠安西表》，民间俗称《李翕颂》《黄龙碑》。位于今甘肃省成县天井山栈道旁崖壁，造于东汉建宁四年（一七一）六月。宽三米四，高二米二，上有『惠安西表』四字篆额，正文阴刻二十行，三百八十五字。每字约四厘米见方。此为『三颂』中唯一原址保护者，且保存完好，至今一字不损。

成县杜公祠怀老杜

同谷饥寒此寓家，终因落魄走天涯。
七歌愁苦哀无告，四野凄凉笔有花。
凤岭龙溪餐橡栗，仙崖玉瀑看林鸦。
草堂卅七诗魂驻，身后虚名莫怨嗟。

二〇一四年九月六日

按：成县杜公祠始建于宋宣和五年（一一二三），是国内现存三十七处『草堂』中历史最为悠久者。祠堂坐落于县东南三点五公里飞龙峡口坡坂上，背靠仙人崖，俯临青泥河，右倚古栈道，前对凤凰山。悬山垂花大门，殿内有杜甫石雕造像。后院原有传为杜公手植的古柏八株，国槐一棵，海棠一丛，人称『八柏一槐海』，惜『文革』中遭劫，现仅存古柏三株，黛色参天。祠后有玉绳泉从仙人崖石洞飞漱而下，令人神往。

徽县栗川乡山根村少陵钓台

元观峡内觅诗踪，白石磊嵬碧草芃。
水复山重浑不见，厉深揭浅阻难通。
忽传錾字留崖上，犹见钓台立水中。
瑰伟奇观险而远，归途却喜蓼花红。

二〇一四年九月六日

按：徽县栗川乡栗亭山根村，亦称杜公村，有杜公小学。小学内有杜甫像、『读书破万卷，下笔如有神』标语牌。村里还有经营食宿的杜公寺休闲苑。我们沿峡水走到村后，进入峡谷，翻石涉水五里，找到刻在峡东崖壁上的『宛在中央』（横）、『少陵（钓台）』（竖）摩崖，字迹已非常模糊，竖书『少陵钓台』仅可看到『少陵』二字，余字为草木遮挡。多亏徽县栗川乡两位农民唐志珍、郭志东引路，否则根本无法找到。

青泥岭

名岭青泥雨雾遮，云横石立树龙拏。
扪参历井诗仙叹，化翰成骊杜老嗟。
野路观碑行淖泞，白沙问渡断舟艖。
备尝艰险回村驿，坐品山民罐罐茶。

二〇一四年九月七日

按： 徽县文化馆曹鹏雁副馆长引领我们雨中上青泥岭。杜甫发同谷就是从栗川翻过木皮岭，由木皮路转青泥路，过白沙渡的。岭头立有牌坊，上书『仙圣诗踪』和『青泥名岭』。县里在打造『青泥岭文化』，故山村打造得很有文化品位。

在泥泞的山路上步行一公里去看清代石碑，每人脚下都拖着厚重的大泥坨，三步一滑，心惊胆战。真正体会到李白《蜀道难》『青泥何盘盘，百步九折萦岩峦』，杜甫《泥功山》『朝行青泥上，暮在青泥中。……白马为铁骊，小儿成老翁』的行路之难。归来在青泥村口曹馆长的村民朋友杨志杰家喝椒盐罐罐茶，吃烤馒头，别有风味。

陕西略阳接官亭镇飞仙岭

接官亭外访遗踪，公路穿山阁道穷。
犹有凿岩多石孔，飞仙小岭耸双峰。

二〇一四年九月八日

按：老杜入蜀自略阳始一直行于阁道，故有《飞仙阁》《五盘》《龙门阁》《石柜阁》诸诗。

汉『三颂』之略阳《郙阁颂》

蹒跚巨象势嵯峨，古寺灵岩赏擘窠。
朴茂庄严推郙阁，八分拙巧比肩摩。

二〇一四年九月八日

按：此颂为纪念汉武都太守李翕重修郙阁栈道而书刻，全称《李翕析里桥郙阁颂》，刻于东汉灵帝刘宏建宁五年（一七二）。摩崖原在略阳徐家坪街口村郭家地（古名析里，又名白崖）；一九七九年十二月因修路受损后迁至灵岩寺，粘接复原，嵌在前洞石崖边。其高一百七十厘米，宽一百二十五厘米，全文十九行，第六、十二行为十一字，第十五行为十八字，其余每行二十七字，共计四百七十二字，现存二百二十字。右上额有古代纤夫拉船时纤绳磨损的印痕七道。

汉『三颂』之汉中《石门颂》

褒斜石刻若通神，野鹤闲鸥意态真。
大戟长枪观纵放，却因库水割奇珍。

二〇一四年九月八日

按：此行得观汉摩崖『三颂』——成县《西狭颂》、略阳《郙阁颂》、汉中《石门颂》，真幸事也！先往汉中博物馆，观《石门颂》《石门铭》等『石门十三品』，继往城北十三公里处石门水库，观『石门十三品』原址，然原址已淹没于水库数十米深之水下，令人慨叹。

汉初，交通秦汉的褒斜道陡险崎岖，时通时断。明帝永平四年（六一）曾下诏整修，于褒斜道南口凿通石门；顺帝时，身为司隶校尉的杨涣奏请重开石门，凿穿山通道六丈有余，并将旧道进一步开拓扩大。桓帝建和二年（一四八），汉中太守武阳人王升（杨涣同乡）于石门石壁上刻文，推序本原，颂扬杨涣开凿石门之功，此即《石门颂》，被书法界公认为古隶中最早者，居于至尊地位。

一九七〇年修建水库，石门洞淹没，石门石刻被凿迁保存于汉中市博物馆。

汉中至宝鸡道上

车过石门景色幽，褒斜古道旧风流。

清溪夜涨留韩信，紫柏峰阴隐故侯。

留凤关云连阁栈，嘉陵江水下渝州。

他年忆此中秋夜，雨冷天昏大散游。

二〇一四年九月八日

按：下午三时半过石门水库，途中经褒斜古道，留坝县马道镇萧何月下追韩信故地。在紫柏山下观张良庙，天黑以后又路过连云栈道、大散关。山路盘折，雾浓雨大，能见度极低，晚十点半始达宝鸡。

宝鸡别诸友呈唐宏贤主人并李世恩、李茏、张玉书、张格平诸先生

共苦同甘九日游，追踪访古探微幽。
驱车敢问仇池穴，攀壁能观大佛头。
曾困虞关寻水会，难忘秦岭度金秋。
临歧举酒缘惜别，各赴前程合胜流。

二〇一四年九月九日

古隆中

躬耕陇亩亦蹉跎，梁甫闲吟感慨多。
三顾三分筹大计，两朝两表谱悲歌。
神机妙算谋常胜，赤胆忠心志不磨。
却顾襄阳龙卧处，草庐石井壮山河。

二〇一四年十月二十一日

按：古隆中，位于湖北襄阳城西约十公里之西山中，三国人物诸葛亮青年时代（十七至二十七岁）在此躬耕隐居长达十年。今景区内有石牌坊、小虹桥、躬耕田、三顾堂、六角井、草庐等景观，其中六角井据说为当年故物。

二〇一四年十月二十日至二十七日，经北京南安商会李文彬、黄卿安联络，在武汉南安商会黄永乐、洪本通与荆州福建商会吕泰佳、黄文风的支持和协助下，对湖北襄阳、当阳及长江一线之李杜游踪进行考察。

习家池

钟灵毓秀习家池，秋入城南有异姿。
凿齿临亭观菡萏，将军醉酒反巾䍦。
山围青幛来凰翥，水映白沙倒马骑。
漱石枕流思汉晋，西边爽气正堪期。

二〇一四年十月二十一日

按：习家池位于湖北襄阳城南约五公里凤凰山南麓，本乃汉襄阳侯习郁养鱼池。习郁后人晋习凿齿于此著述隐居。晋征南将军山简镇守襄阳时常在此饮酒，人为之歌曰『山公时一醉，径造高阳池。日莫倒载归，茗芋无所知。复能乘骏马，倒著白接篱』，此地因有高阳池馆。明聂贤和江汇修缮习家池，立『习杜祠』，祭祀习凿齿和杜甫。清道光六年（一八二六），知府周凯对习家池再加整修，改高阳池馆为『四贤祠』，祭祀习郁、习珍、山简、习凿齿。今习家池景区扩大至三十五万平方米，正在植树造景，已初步实现设计规划。

寻访岘首山

命驾寻羊祜，导航至虎头。
半坡尘乍起，满地水争流。
岘首成通道，渔梁见大楼。
城乡生变化，胜迹转山丘。

二〇一四年十月二十二日

按：想看襄阳岘首山羊祜堕泪碑、杜甫墓，导航把我们引到虎头山建设工地，待费尽周章找到岘首山原址时，始知岘首山已夷为大道，所以才要把虎头山打造成新的『岘山』。

襄州谒米公祠

樊城闲访米襄阳，宝晋斋中翰墨香。
寄兴临池亲笔砚，尽情拜石任癫狂。
诗书气爽驰云彩，海岳风高铸典章。
满壁珠玑尊百代，门前汉水起沧浪。

二〇一四年十月二十二日

按：米公祠是纪念北宋大书画家米芾的祠宇，坐落于樊城柜子城上，隔汉水与襄阳小北门相望。现城墙已被拆毁，米公祠坐落于沿江大道边上，北门开在解放路二号。米芾，字元章，号襄阳漫士、鹿门居士，人称『米襄阳』。宋徽宗召为书画学博士，官至礼部员外郎。能诗文，擅书画，用笔俊迈，与蔡襄、苏轼、黄庭坚合称『宋四家』。

长坂坡

当阳断喝胜张弓，单骑赵云救主公。
忠勇男儿多故事，至今长坂有雄风。

二〇一四年十月二十二日

按：公元二〇八年的长坂之战发生在今湖北荆门市掇刀区（荆门市南三公里）一带。现当阳市西南一公里处的『长坂坡』是明万历年间附会命名的，并不是历史上长坂之战的战场，但已然成为三国故事的纪念地。

玉泉寺

名刹当阳有玉泉，邮亭铁塔历千年。
高僧驻锡文人咏，薪火天台一派传。

二〇一四年十月二十二日

按：玉泉寺坐落于玉泉山东麓，距当阳市城区十二公里，为隋代智顗所创天台宗祖庭，亦为禅宗北宗祖庭，神秀的道场。玉泉寺前方有北宋嘉祐六年（一〇六一）建造的玉泉铁塔。塔北是古邮亭遗址，以地当古荆州入川驿道，传曾建驿站，后改为邮亭，今有人民邮政在亭中经理邮政业务。

宜昌三游洞下之下牢溪，乃老杜预宴之地也

下牢溪水映苍冥，快艇翩然泛碧青。
前后三游佳话外，当年老杜宴津亭。

二〇一四年十月二十三日

按：下牢溪由北至南注入长江，入江口一带称南津关，是舟行进入长江三峡的重要水关。唐时称下牢关或下牢戍。白居易、白行简与元稹相遇于夷陵，曾携游下牢戍之山崖溶洞，因名之曰三游洞；宋苏轼父子三人出川时再游此洞，故有前后三游之称。老杜出川时所作《春夜峡州田侍御长史津亭留宴》诗亦成于此地。

三峡大坝

果然高峡出平湖，壅水移山动奥区。
世纪工程惊世界，达摩克利剑堪虞。

二〇一四年十月二十三日

按：《中国青年报》一九九九年十月十八日刊登了记者孙凯的一篇文章《青铜峡：水电站没有库容》，文曰：『水库里可以种水稻。这个奇迹发生在宁夏青铜峡水电厂。青铜峡水电厂的大坝总长为六百八十七点三米，坝高四十二点七米，坝宽四十六点七米。设计库容六点〇六亿立方米，水库面积一百一十三平方公里，水库长四十四点七五公里。但由于泥沙淤积，青铜峡水电厂事实上已经基本没有库容了。』

本人二〇〇三年九月底曾有宁夏青铜峡之行，眼见泥沙已把河床抬高很多，黄河成了河中之河。当地人讲起水坝的泥沙淤积问题时说，有人提出把水坝炸掉，但水坝上游已然形成了一个沙洲密布、水鸟停集的小气候生态环境，炸掉大坝，已然形成的生态环境会遭到第二次人为破坏。希望青铜峡水库的今天，不要成为三峡大坝的明天！

荆州龙山落帽台

八岭东南一土丘，龙山落帽晋风流。

披荆访古登台望，秋满荒城看白鸥。

二〇一四年十月二十四日

按：龙山落帽台是八岭山东南角的一个小土包，位于荆州城西北七点五公里处，当地人形象地称之为『龙珠』。蒙荆州市政协委员李金川先生提供座驾，并一路同行，热心联络，通过荆州区八岭山镇财政管理所副所长，找到熟悉地方文化的李子初先生带路，我们才终于找到这颗荆棘丛生的『龙珠』。

纪南城

昔日吟骚赋，而今到郢城。
北垣悲麦秀，南燧看云横。
楚灭公孙起，江沉屈子平。
王朝经代谢，沃土世人耕。

二〇一四年十月二十四日

按：纪南城，即东周时期楚国都城郢都。因在纪山之南，汉以后史称纪南城。楚国在此建都四百余年，直至顷襄王二十一年（前二七八）

为秦将白起破郢时焚毁。多亏李金川联系到纪南镇李明副书记，李书记又找来熟悉情况的熊支青、周远翠先生，在他们三位的引领下，我们看了纪南城的北城垣残迹和南城垣的烽火台。

公安觅刘备城

不见当年刘备城，油河改道断江声。
盘桓老杜经游地，坐看秋云似浪横。

二〇一四年十月二十五日

按：公安县坐落于荆州之南的长江边上。古城墙东南角的公安门，又称小东门，是古城唯一的水门。由长江之油江口经此门可溯油江入城。此刘备所据、杜甫所咏之地也。实地考察，古城墙早已不见踪影，油江成了与长江隔绝的内河。一条东西走向的油江路西接孱陵大道，东接石桥街，已难觅旧时踪影矣。

石首刘郎浦

东岳寺旁石首山，波平水缓近江湾。
昔年老杜扬帆去，今看渔人把钓竿。

二〇一四年十月二十五日

按：石首更在公安之南，其北长江边有石孤立，人称石首山。老杜经此之岳州，有《发刘郎浦》诗。

荆州章华寺

访古章台到佛堂，楚梅唐杏对斜阳。
梵烟起处秋声静，宝殿时闻金粟香。

二〇一四年十月二十五日

按：位于荆州沙市区太师渊路北侧的章华寺，据说建于楚灵王行宫章华台遗址之上，然考古发掘今已证实楚章华宫遗址位于湖北潜江市龙湾附近。荆州章华寺始建于元泰定二年（一三二五），名章台寺，明初始更今名。内有缅甸玉佛、楚梅花、唐银杏、月月桂。同汉阳归元寺、当阳玉泉寺并列为湖北三大丛林，是湖北省重点文物保护单位。

松滋

崎岖枉驾到松滋，一路棉桃吐絮丝。
为觅江亭追老杜，来寻新场问东支。
沙平水浅秋阳艳，墟静亭空野渡迟。
坡岸水牛闲自卧，天然画卷美如诗。

二〇一四年十月二十六日

按：我们沿着松滋河东支北岸来到新场，新场渡口有摆渡船可以渡到南岸，两岸设有候渡亭。有学者考订，新场南岸即杜甫泊松滋江亭之处。

荆州万寿宝塔

兴来两度到矶头，古塔长桥一望收。
最爱夜深人去后，无声光影照江洲。

二〇一四年十月二十六日

按：万寿宝塔矗立于万里长江第一矶——荆江大堤观音矶头之上，系明朝第七代辽王朱宪㸅藩封荆州时，于嘉靖二十七年（一五四八）遵嫡母毛太妃之命，为嘉靖皇帝祈寿而建。

访饶阳鲁口城故地

固店来寻鲁口城，前尘往事断徽声。
村边井废园林在，时见群羊陌上行。

二〇一四年十一月十五日

按：二〇一四年十一月十五日，有河北衡水市饶阳之行，以李白有《赠饶阳张司户燧》诗也。感谢友人李文彬提供座驾，并委派司机陈文建全程照应。

位于饶阳县南十六公里的固店村，乃旧县

治之所在，唐时名鲁口城。从村北果园向北直行三里地，可到大城北村。大城北村与固店村之间，有一处被称作『城头』的地带，其实就是城墙遗址，过去横亘着很长的砖瓦带。村民说：『平整土地时把大砖或捡出，或深埋，如今已经看不到痕迹了。』

村西道路转弯处有扳倒井，在道路两侧东西各有一个井口，井筒倾斜。传说是刘秀领军至此，兵马又渴又热，亟待饮水，刘秀急中生智把井扳倒，以饮兵马。如今两井已被填埋，而填埋后的井址旁，院墙上却写着『打井』的广告字样。

诗经台

南师钦外古南台，毛氏传经亦大魁。
水漫台荒遗址在，温棚泉井待重开。

二〇一四年十一月十五日

按：诗经台位于饶阳县城东八公里南师钦村西南，滹沱河下游行洪道西岸，据说是汉代毛苌的居住、传经之所，因滹沱河地区常有水患，诗经台被冲毁。我们费尽周折总算打听到诗经台就是村民口中的老南台，但就是找不到位置。幸好遇到一位热心的中年汉子，骑摩托把我们引到南师钦村民侯柏树、侯松树种植葡萄的大棚前，并打开由河堤向外排开的第二个塑料大棚的门，告曰：『这里就是诗经台，门口的石板就是诗经台的导水槽。棚里面还有一口井，用一块石碑盖上了。都埋在地下，看不到。这是听老人说的。』感谢他带路，否则我们走到近前也不知诗经台何在，他是南师钦村的郭树旗。

辞旧迎新感赋——为迎接二〇一五而作

临岐筑室若虚舟，猿鹤虫沙各道谋。
始拥金山浮水面，终观白虎入笼陬。
股盘色赧惊龙蛰，峰会天青缓杞忧。
马去羊来成曼衍，相期喜鹊报枝头。

二〇一四年十二月三十日

附 诗友庚和

北京 林东海：送旧迎新——次韵玉麈轻麈《辞旧迎新感赋》

如流岁月浪翻舟，疏导有方即善谋。
蛮触纷争蜗角上，星球漫转日边陬。
常持快意欺烦恼，但使清心必解忧。
舍得金龟沽美酒，年年好运总当头。

甘肃　周奉真：读林先生《送旧迎新》诗，步韵敬复

卅年湖海任虚舟，回首沉浮愧俊谋。
佳节喧阗连昼夜，故交寥落散隅陬。
谁堪物序成今古？惟向醉乡齐乐忧。
南国梅花孕新萼，北天冰雪压峰头。

香港　刘卫林：东海词丈与宋红女史赐示辞旧迎新琬琰谨次韵奉和

萧散还如不系舟，拙疏谁识稻粱谋。
蹉跎书剑无长策，笑傲山川擅一陬。
子美清怀能远我，易安高唱解忘忧。
南窗乐有新年愿，嘉友相思共白头。

咏泉州开元寺外老榕树

榕树之胶、果、根、皮、叶俱可入药，形态之美更令人流连。

南国有奇树，轮囷盖覆阴。
千根能挂鬣，一木可成林。
近寺添灵性，当风报好音。
周身能入药，岂畏雪霜侵。

二〇一五年一月十一日

按：二〇一五年一月十日至二月五日有闽南之行。

南安胭脂巷与乡亲家宴餐聚

条凳方几聚八仙，胭脂巷里喜开筵。
唐音四起乡情重，诗酒三巡气色妍。
村妇山民言恳款，鲍鱼海蟹味甜鲜。
夜阑树影生岑寂，恍在桃源月向圆。

二〇一五年一月十三日

南安白云寺

盘山有路到松云，古寺清幽日色曛。
榕老樟香钟磬寂，风吹丹桂送氛氲。

二〇一五年一月十四日

按：白云寺位于南安市柳城街道榕桥东面的白云山上，初名碧云寺，明代始改今名。有盘山公路可达，沿途弥望皆杨梅树，青黛可人。

安溪清水岩

安溪别有一蓬莱，清水岩高洞府开。
裂竹浮杉传轶事，纶音法雨证乌台。
枝枝北向香樟老，嵝嵝南偏秀崿嵬。
师祖名茶同铁色，分炉散叶并弘恢。

二〇一五年一月十五日

按：清水岩位于安溪城关西北十六公里处的蓬莱山，是一处以清水岩寺为主体，以清水祖师文化为特色的风景名胜区。该寺始建于北宋元丰六年（一〇八三），现存『帝』字型殿宇为清乾隆廿六年（一七六一）修建。清水祖师为北宋名僧，一生『利物为本、济人为志』，宋廷敕赐『昭应广惠慈济善利大师』徽号；又有麻章上人、黑面祖师等称号。景区内有传为祖师手植的『枝枝朝北』香樟，及纶音坛、祈雨台、浮杉池、罗汉松、裂竹、圣泉等胜迹。『清水祖师信俗』被列为国家级非物质文化遗产，分炉遍布世界各地。

德化陶瓷街购得枫叶盏与兔毫盏

黑瓷浅盏落金枫，褐釉发毫野兔同。
不待卢仝歌七碗，衔杯两腋已生风。

二〇一五年一月十八日

按：油滴盏、兔毫盏、枯叶盏，乃宋代建盏之名品。今德化陶瓷艺人已大致可以复烧，唯将枯叶换成枫叶，稍感遗憾，因为更喜欢枯叶所传达出的枯寂韵味。据说枯叶盏也正

在研制开发中。油滴盏价格过高，所以买了
几只兔毫盏、枫叶盏把玩。

衙口海边观施琅雕像

海涵天色浪翻花，寒日终风漫卷沙。
施琅石雕堤岸立，东南举目望天涯。

二〇一五年一月十九日

按：施琅，福建晋江龙湖镇衙口人，早年为郑芝龙部将，顺治三年（一六四六）随郑芝龙降清，后入海加入郑成功抗清队伍，成为郑成功部下最为年少的得力骁将。后与郑成功有隙，被迫降清，康熙元年（一六六二）任福建水师提督，二十二年（一六八三）奉旨出兵平定台湾，顺利招抚郑氏集团，并上书康熙帝，将台湾纳入中华版图。

兰花节赏兰

参观南安霞美镇举办的『万年青第二届兰花节』兰展。

空谷幽兰有异香，此花原不属君王。
卓然倩影无尘态，笑傲寒林九月霜。

二〇一五年一月二十五日

参观开元寺弘一大师居室复原展示

眼前犹是旧温陵，一室萧然亮智灯。
艺海人争夸俊彦，禅林自苦作寒僧。
花枝春满天心月，壑水秋澄玉盏冰。
弃却荣华仍绚烂，悲欣交集证超腾。

二〇一五年一月二十八日

按：蒙弘一大师私淑弟子九十六岁的陈珍珍居士介绍，承开元寺德昇法师特别许可，终于得见弘一大师居室复原展示。居室保持了大师一九四二年十月十三日在温陵疗养院圆寂时的原貌，床脚木制脸盆架上的脸盆里放着搪瓷漱口杯，杯中插着大师生前用过的齿木——杨枝牙刷。终于看到我在一万五千字长文中考证过的『齿木』实物，殊为难得，弥足珍贵。

泉州崇福寺

松湾古地最清幽，椰树摇风满寺楼。
崇福钟声除热恼，应庚塔影兆丰收。
夕阳光冷榕根老，石径人空草色柔。
静处生禅增意趣，相期日后更优游。

二〇一五年一月二十八日

按：崇福寺始建于北宋，与开元寺、承天寺并称为泉州三大丛林，为第二批省级文物保护单位。昔有『镇山三宝』应庚塔、千人鼎、大洪钟，今鼎已损坏。钟铸于明初，声音洪亮，『崇福晚钟』为泉州八景之一。其地位于鲤城区崇福路，与所住之二建宿舍相去不远，散步可到。

拜望陈祥老与林东海先生联句和稻圃主人韵

陈祥耀先生以九十四岁高龄动大手术，自分后果难料，特于病榻手书与我，叮嘱《清诗选》修改事宜。然吉人天相，终度劫波，足可额手称庆也。

超越红羊劫，神情更焕然。（林）

行歌能按节，曳杖不因年。（宋）

眉上风云气，胸中雅颂篇。（宋）

会当盈百岁，历块尚麾鞭。（林）

二〇一五年一月二十九日

附　稻圃主人原玉

祥老赴榕疗疾，昨夜回泉。今日陪同东海先生、宋红女史前往探望，得小诗一首

感喟陈疴苦，临风每怆然。
别乡方数月，挂肚已经年。
幸有回春术，新开衍庆篇。
相期陪杖履，溪壑共吟鞭。

泉州清源山

泉州佛道共清源，宋鋆唐封裕后昆。
天下老君时独步，山间瑞像世同尊。
碧霄岩蚀摩崖字，紫泽湖涵落月魂。
小憩南台闲瀹茗，披襟纵目看云屯。

二〇一五年一月三十日

按：清源山位于泉州市北，山多泉眼，又称『泉山』。『泉州』之名，或得于此。清源山古来即以三十六洞天、十八胜景闻名于世，尤以老君岩、千手岩、弥陀岩、碧霄岩、瑞像岩、虎乳泉、南台岩、清源洞、赐恩岩为胜。赐恩岩为唐代皇帝赐给刺史许稷的封地。瑞像岩有北宋元祐二年（一〇八七）依天柱峰山石所雕、高四点四米之释迦立像，以及明成化十九年（一四八三）所建保护瑞像的仿木构石室。老君岩是依整块天然肖形巨岩所雕、高五点六三米、席地面积五十五平方米的老子造像，以中国现存最大、雕技最绝、年代最久之道教石雕，被当地人戏称为『老子天下第一』。从山顶俯瞰，一九九三年于虎乳泉下方紫泽洞天谷地建起的清源山蓄水工程——天湖尽收眼底。

厦门海峡国际社区廿八层望海中小金门

婉丽纤长似黛痕，人言海上小金门。
遥瞻宝岛思亲旧，眉眼相看冷月魂。

二〇一五年二月二日

按：友人叶超群先生所居之海峡国际社区二十八层，三面可以观海，小金门岛如长长一条眉黛，横在对面高楼之后不远处的海中，眉黛后方隐隐可见的山峰是大金门。

羊年奉和香港刘卫林先生贺岁诗

神羊来贺岁，古道乐时人。
瑶席亲情暖，椒盘酒色新。
嘉言称旧友，瑞雪兆先春。
更待传梅使，同歌庆吉辰。

二〇一五年二月二十日年初二

附 刘卫林先生原玉

乙未迎嘉岁，天涯念故人。
应怜沧海隔，复对柳烟新。

淑气舒荣木，莺声暖早春。
清尊期后会，吟醉共芳辰。

和平里小区散步口占

霾里夕阳黯澹红，崚嶒老树上摩空。
夭桃又向东风笑，曲径无人四面通。

二〇一五年三月十八日

悉尼东方森林拜访许德政先生，俪影

夫人飨以俄式大餐

随东海先生拜望老友许德政先生。许先生曾是社科院文学所里与钱锺书先生过从很密的学者，一九七九年与夫人移居澳洲，历三十六年，至今年过八旬，仍精神矍铄。

卅载暌违岁月侵，今来三径访云林。
庭中禽鸟仙园趣，壁上诗文故国心。
满室清幽兰气馥，一台肴馔友情深。

新添电脑开生面，荅异天南亦共岑。

二〇一五年七月二十日

别悉尼

七月一日至九月十日有澳新之游，观赏自然美景，吐纳纯净空气，面会新老亲朋。并以悉尼为中心，驱车堪培拉，游澳国首都；飞抵南澳，游阿德莱德；飞抵凯恩斯，游绿岛大堡礁；飞抵乌鲁鲁，游红石山；又出境飞抵基督城，参团游新西兰南岛；飞抵墨尔本，车游郊外小镇及大洋路海湾。历时七十二天，经历丰富，令人难忘。

闲来乘兴走天涯，两月相连此作家。

美味遍尝伊士坞，高朋满座布篱楂。

窗前沧海涵旻色，楼外虹霓浴日华。

时见狸奴拦道上，常闻鹊使报春赊。

铁桥漫步悉尼夜，坊柱题联邵子瓜。

墨尔本城观博物，堪培拉市赏奇葩。

巴罗萨谷琼浆液，橡树湾头赤焰霞。

绿堡礁船窥鲍贝，乌鲁鲁夜静胡笳。

新西兰岛冰山雪，蒂卡波湖蒸汽艖。

毛利滩平抚圆石，大洋路曲走长车。

澳人致礼微微笑，旧友关情酽酽茶。
上帝垂青存净土，桃源袖得几多砂。
二〇一五年九月十日

咏自酿葡萄酒

玄珠满罣化琼浆，玉盏流霞泛宝光。
信可三杯连北海，何须一斗博西凉。
非关县令非为秫，自请步兵自引觞。
和煦醉乡即厨下，壶中日月慨而慷。

二〇一六年八月十日

附 林东海《咏家酿蒲桃酒次天然斋韵》

南澳山庄饮玉浆，归来厨酿亦流光。
衰荣无定形终槁，忧乐有因梦渐凉。

解佩闲吟常品味，登途长啸更飞觞。
托身得所称心事，绝世任真自忾慷。

二〇一六年九月十二日

迎新贺岁并自贺耳顺之年

辞旧迎新结绪风，鱼书网络代征鸿。
荒鸡唱月催中夜，玄豹逢霾隐半空。
花甲从头欣足算，微言顺耳恐心聋。
范张有约良朋会，把酒凭轩话碧丛。

二〇一七年旦日

奉和香港刘卫林先生丁酉发岁诗

除夜天增岁，迎祥念雅人。
曹冲映像巧，祖逖舞姿新。
官喜无霾日，民思有脚春。
相期同皓月，举酒酹诗神。

二〇一七年一月二十八日

附　刘卫林先生原玉

嘉岁逢丁酉，芳时忆故人。
江山情不隔，云树思常新。

依旧停云酌，久违伊洛春。
香城花似雪，在处想丰神。

附 林东海和诗鸡年开岁即兴次韵奉酬

香江卫林刘兄丁酉发岁

闻鸡思起舞，把剑作劳人。
一岁终除旧，万缘亦向新。
浮舟能覆水，病树可回春。
寄语朋交辈，保康但养神。

玉麒朱兄设宴维也纳酒店燕兰楼，天纬薛先生携来两瓶茅台酒，旧友相逢，快乐有加，诗以为谢

相邀直上燕兰楼，把酒论文意气遒。
设宴朱家来白海，飞觞薛稷带青州。
欣逢旧友加微信，题赠新书尽盛流。
三径曰归人未老，江湖长啸泛扁舟。

二〇一七年十月二十三日

咏自酿玫瑰香葡萄酒

秀色芬芳引蝶亲，骊珠贮瓮化龙津。
自随宛马来胡地，能使魏文赋老春。
翰墨因缘增郁馥，辞章趁势转淳真。
举杯邀月成三客，笑对花神共酒神。

二〇一七年十一月十四日

敬题孙玉石老师、张菊玲老师捐建

『长白书屋』于大连民族大学

犹记燕园授业时，精深博雅缜于思。
春风夏雨苗成树，黄卷青灯鬓染丝。
昔发岩浆传地火，今输渌水作天池。
清源远注称长白，德厚嵩高仰岳姿。

二〇一七年十一月十六日

踏查贵州正安芙蓉江

唐贞观十六年（六四二）置播川镇，不久改名珍州，称夜郎郡，辖夜郎、丽皋、乐源、荣懿四县，治所在今正安县北，安场镇一带。北宋宣和二年（一一二〇）撤夜郎县后，仍为交通要道；明初，驿道改出松坎后，沦为乡村集镇。西南而来的芙蓉江经正安县继续北流，经道真县三河口，至重庆武隆区江口镇汇入乌江。此即唐代之洋水，至今芙蓉江镇附近的大桥仍名洋渡大桥。这便是李白长流夜郎所走过的水道。如今芙蓉江是正安县的饮用水源，风景秀美。

一江碧水玉娉婷，万叠峰峦列画屏。
黛色清幽波澹澹，岚光寂静树青青。
洋桥水渡芙蓉镇，邵馆山庄薜荔亭。
愿就武陵赊月色，锄瓜种豆念农经。

二〇一八年四月二十五日

入学四十周年班庆纪念

日下初逢各妙年，归来相顾尽华颠。
松姿柳质曾经雨，篪弟埙兄共息肩。
弘雅谢师频举酒，白潮联舆复临泉。
还期北海金兰契，春满花枝赏月圆。

二〇一八年五月三日至五日

按：腹联：弘雅谢师，班庆的一项重要活动，是在北大勺园举行谢师之宴。勺园前身曰弘雅园。白潮，白河、潮河，汇入密云水库，复流

出后始称潮白河。班庆复由北大移师密云水库
小住叙旧。

金华八咏楼

相隔十四年，第二次来到八咏楼。楼南隔八咏广场便是婺江，溯江西行一公里便是双溪合流处的黄宾虹公园和五百滩江心岛。

八咏楼本名玄畅楼，南齐沈约守东阳郡时屡登，并赋诗《八咏》，传为绝唱。今楼为清嘉庆年间重建，一九八四年大修。楼前广场有沈约圆雕立像和八咏诗碑。

南宋绍兴五年（一一三五），李清照短暂寓居金华时曾留下『千古风流八咏楼，江山留与后人愁。水通南国三千里，气压江城十四州』

（《题八咏楼》）的沉雄诗句，也写下『闻说

双溪春尚好，也拟泛轻舟。只恐双溪舴艋舟，

载不动，许多愁』（《武陵春》）的婉约词章。

只不过『水通』『气压』二句，乃由唐释贯

休《献钱尚父》『满堂花醉三千客，一剑霜寒

十四州』化出。

玄畅陈思赋，清和沈约楼。

双溪多秀色，八咏足风流。

康乐东阳句，易安舴艋舟。
十年游再到，薜荔满城头。
二〇一八年五月二十七日

得乔秀岩、叶纯芳所赠《文献学读书记》，诗以为谢

书生事业夜窗寒，幸有芳华赛牡丹。
燕谷滋兰随律转，青州射覆共心欢。
烟霞坐对成中隐，缥帙飞来蔚大观。
为报乔郎同叶子，洛阳纸贵自清安。

二〇一八年十一月一日

己亥新春试笔

玉斗回寅柄，金猪入亥年。
榆槐摇蚁国，蛮触战蜗天。
读史如浮白，寻幽更草玄。
还邀二三友，醉饮夕阳边。

二〇一九年二月八日

过京都寄金文京先生

为观『颜真卿特展』和重现之《五马图》真迹而参团游日本。旅行第四日，由大阪前往奈良，游东大寺神鹿公园，又往游京都金阁寺、祇园花见小路，晚宿爱知县常滑市中部国际空港东横イン。匆促之间，未得与京都大学金文京教授联络，诗以寄之，聊慰悬想。

同舆昔曾代郡游，为寻古寺访忻州。
海中有忆回双鲤，日下重逢饮一瓯。

读曲研文通说部，八叉七步上诗楼。
缘悭匆促经城下，遥望岚山自郁悠。
二〇一九年二月十七日

上野公园喜与桥本、叶子重聚

下午一点与桥本、叶子夫妇在博物馆外相见，承蒙在上野车站昔日贵宾候车室、今日意大利餐厅设宴，之后又蒙引导游东大，观赤门、图书馆、文学部、三四郎池，在东大松本楼茶叙，又劳两位送至成田上野车站。在闸机口分袂后，担心我们等车、找座位有差池，又直追到站台车窗口，朋友深情，令人感动。

一别燕园已数秋，学林犹道旧风流。

新书故故开生面，旧友时时展醉眸。
上野驿旁珍馔美，西乡像下早樱柔。
此行导引观东大，不忍池边结胜游。
二〇一九年二月二十日

游东京大学

昔年北大业师袁行霈先生与东大平山久雄先生联袂推荐我申请东京大学文部省官费研修生，官费资助对象是各国高校及研究所的年轻学者。尽管两位先生将我作为与北大有特殊关系者，但推荐还是未获成功。想自费留学又为出版社业师林东海先生所劝阻，于是此生便少了一份留学的经历。关注日本汉学多年，引进日本汉籍多种，三十五年后来到东大，算是为往事画个最终的句号。

旧事依稀隔远天，赤门一入了前缘。
如新手泽师恩重，似梦风涛雁影翩。
三四郎池三曜粲，百千卷帙百城坚。
片时松本楼中客，闻得春山响杜鹃。

二〇一九年二月二十日

宿东京寄佐佐木蓉同屋

考入北大中文系『七七级』，留学生办公室鼓励留学生与中国同学同住，目的是想通过中国同学，对留学生有所辖制。但事与愿违，中国同学与留学生同屋很快成为朋友，并通过同屋的窗口『睁眼看世界』。很多陪住同学后来加入第一批留学大军，也变身为留学生。我虽留学未果，但与日本同屋佐佐木蓉却成了一生的好友。我见过她的父母，她见过我的全家；我还见证了她与身为朱德熙研究生的木村先生的相识、相恋、结婚、生子。虽然他们居住东京，但行程太紧，无法相见，以诗代笺，聊寄相思。

燕园同室亦同袍，夜话联床兴味豪。
窗外寒天凝乳酪，炉中电火烤年糕。
时来仲子相谈笑，忽报双娇若李桃。
今宿成田居处近，南天远望暮云高。

二〇一九年二月二十日

成田酒店与中岛敏夫先生通电话

此行飞机落静冈，所住静冈县静冈市骏河区サンパレスホテル是与中岛先生所居爱知县最近地点，但仍隔着二百多公里的铁路线。虽非常想念，但还是无法相见，只好在旅行最后一日与中岛先生电话联络。

謦欬暌违久，寒温网络传。
文名播汉土，学术布中天。
渡海增悬想，观樱叹浅缘。

相期松竹健，拜寿玉窗前。

二〇一九年二月二十日

同学七人驱两车，代表北大中文系文学七七级班主任张剑福老师和全体同学，远赴鞍山，拜望在家乡颐养的费振刚先生、冯月华师母

九数师生共，龟龄六百年。
门墙承雨露，驿路栉风烟。
绛帐移关外，斑衣娱座前。
举杯同献寿，花好月轮圆。

二〇二〇年九月二十一日

鞍山返京为同学情谊感赋

日下初逢各妙年，老来相顾更多妍。
联舆共赏芸苔美，接席同称米粉鲜。
侍坐长驱千里路，回眸已结半生缘。
五陵衣马何须问，且效扬雄草太玄。

二〇二〇年九月二十四日

按：『联舆』句，指二〇一一年班上同学相约，并延请身体尚健的多位授业老师同赴南京赏油菜花，戏称『菜花团』。『接席』句，指二〇一九年散在各地包括海外的同学共游广西北海，戏称『米粉团』。『侍坐』句，指此番驱车鞍山拜望老师。

挽恩师费振刚先生

生刍一束奠吾师，犹记当年初见时。
乍暖燕园萌异草，逢春锦柏放新枝。
磨砻四载石成玉，著述千秋事入碑。
作别寝门含泪问，重归辽鹤是何期。

二〇二一年三月二十二日

按：去岁鞍山拜望时，陈建功学兄与费老师约定，以后我们每年都开车过来，然半年之后费老师就仙逝了。得知噩耗当日，一千年过耳顺、年过古稀的老学生在群里交班费，由我与张鸣学兄代表班主任张剑福老师和文学七七级全体同学再赴鞍山，为当年的系主任费振刚先生献上鲜花、挽联，送老师最后一程。

哭东海步香港刘卫林先生韵

玉堂初识面，气韵已天成。
出口辞章秀，挥毫翰墨馨。
满橱盈卷帙，一室耀文星。
学海知寥廓，书山探杳冥。
集龚通款曲，调瑟赏空灵。
和煦春风暖，轻寒细雨溟。
金兰结雅契，宝剑发新硎。
执手头终白，看山眼尚青。

杨风天末起，薤露寝门聆。
举案悲朋侣，抚床叹独仃。
感君归贝阙，对景泣新亭。
道德垂遗范，音容忆典型。

二〇二〇年五月十四日

附 香港城市大学刘卫林先生原玉《哭东海先生》

大雅今沦丧，文林托老成。
华章自清靡，彩笔集芳馨。
述作为宗极，属词光列星。

壮游踪李杜，高论烛幽冥。
诗酒存豪气，山川焕炳灵。
搜吟同雁荡，赓和赐南溟。
奔铁随夫子，砻磨仗越硎。
心期千里迩，札翰一灯青。
岂意天人隔，何堪笛吹聆。
死生伤契阔，觞咏惜伶仃。
伫望依北斗，长歌哭敬亭。
怀人竟夕立，风露想仪形。

二〇二〇年五月十三日

按：著名古典文学研究家、出版家、当代两度全程探访李白游踪第一人林东海先生于二〇一九年四月九日突发急症，辗转病榻一年又十一天后，于二〇二〇年四月二十日辞世。本书将纪念费振刚先生、林东海先生之诗稍稍打乱作年，编为最后的篇章。

哭东海（东海仙逝百一十八天）

浸药陈醪已泛黄，登盘新果正飘香。
开箱细检蝇头字，涤器何寻犊鼻郎。
白玉楼成长吉赴，青藜杖在谪仙亡。
窗前碧草今犹绿，为向灵台酹一觞。

二〇二〇年八月十六日

按：东海仙逝，家中浸泡的两坛药酒尚未开封，准备杖于乡国的两根鸡翅木手杖尚未启用，当垆（炉）尚在，涤器人亡，令人哀痛。

东海晚年最喜吟咏者，乃宋末翁森《四时读书乐》中两句：『读书之乐乐何如，绿满窗前草不除。』其宅窗外杨叶萧萧，遮天蔽日，且可映到窗前写字台衬了绿绒的玻璃板上，所以窗外桌前绿成一片，真正是『绿满窗前草不除』。如今窗前绿草尚在，窗下读书之人却不在了。

庚子中秋望月怀人

几度秋窗对玉蟾，也曾步月社林边。
开坛共品葡萄酿，和韵同歌雅颂篇。
此夕天香飘桂子，良人凤吹会诗仙。
独行携手昔时路，树影迷离涕泫然。

二〇二〇年十月一日

再循小区散步旧路感赋

闾阎东侧路，往昔日周游。
春径群芳圃，秋临万叶楼。
阁中鸠杖寂，陌上雀巢啾。
映目云霞灿，随身月影柔。
何期中道判，难舍两情绸。
风景元如在，人琴不可求。
睽违一载后，洒泪过西州。

二〇二〇年十月二日

重九怀人

忆昔逢重九，相携在道途。
十年追李杜，双剑仗江湖。
汴水千头菊，龙山一粒珠。
题糕君正韵，供馔我执壶。
只谓天长久，焉知事已殊。
斫泥嗟郢匠，操曲叹钟俞。
东海波澜寂，西风雁影孤。

登高今日事，不忍佩茱萸。

二〇二〇年十月二十五日

按：『汴水』句：二〇一二年秋作中州考察，重九前四日过开封，观大相国寺菊展。『龙山』句：二〇一四年重九前八日，荆州访龙山落帽台，当地人称之为『龙珠』。

拙著《杜甫游踪考察记》今见样书，执以告慰东海先生，并期与东海《李白游踪考察记》早结联璧。赋诗为记（双折腰体，依杜甫《所思》『苦忆荆州醉司马』例）

十年铸剑苦甘尝，砥砺磨砻始见霜。
黄卷青灯心澡雪，山程水驿志昂藏。
岂意功成人竟去，还期业在日长光。
一卷云蓝初告慰，寒斋晚岁有梅香。

二〇二〇年十二月二十四日

林东海先生《李白游踪考察记》初见样书，叠前『拙著《杜甫游踪考察记》今见样书』韵

两度寻仙苦备尝，卅年风雨满头霜。
移来故地千般貌，阅尽名山万卷藏。
心迹双清存鹤态，襟怀一豁对蟾光。
化凫阮屐绝尘去，麟阁终传翰墨香。

二〇二一年六月八日

壬寅旦月廿五日安葬东海于京西凤凰岭下长安园

东海仙逝两年十个月又五天后，骨殖安葬京西凤凰岭下长安园慧安区A2-17号，与十年同窗老友林冠夫先生再续为邻之缘。

两年寒室作灵堂，菽水齑盐每奉尝。
只履西天归凤岭，一抔净土掩华章。
锦衾角枕悲幽独，笛曲琴音叹悴荒。

沧海曾经盟后约，三生石上会檀郎。

二〇二二年二月二十五日

林东海先生周年祭，因成五言长律八十韵以献之

自杜甫《秋日夔府咏怀奉寄郑监（审）李宾客（之芳）一百韵》开百韵长律之先声，后制长律者代不乏人；明代胡应麟挽王世贞长律，竟达二百四十韵。杜、胡之作俱用『先』韵，然『先』韵总共只有一百四十二韵字，二百四十韵则必有重韵者。『支』韵更宽，有二百二十五韵字，元白长律取用，但僻字亦多。杜甫此千言律没有重韵，但不避重字。《诗韵合璧》『先』

韵目下双行小注曰：『古韵通「详」「真」，时本作通「盐」「咸」，转「寒」「删」，臆说不可从。』林东海先生所编《袖珍诗韵》则在后附《通押韵部一览表》中提示：『先、覃、盐、咸、元（部分）可通。』验之《全唐诗》，通押状况大致如东海先生所言。以研究中国古代小说为主业的韩裔日本学者金文京先生一语破的：『关于押韵先、覃、盐、咸、元韵中，覃、盐、咸三韵是闭口-m韵，本来不能通押，可是古今音不同，现代汉语中除粤语、闽南语还保留-m

韵之外，一般都无法分辨，我想不妨通押。』故知《诗韵合璧》『时本臆说』之讥良有以也。然时代推移，语音变化，唐诗已见通押端倪，窃以为，与其重韵，不如通押。此谨循通押之例，力避重韵，亦力避重字。

拙作致敬先贤，本拟亦成百韵，发现属对不难，欲言尚多，但再写恐难避重字，故至八十韵而罢。

七闽炎蒸地，憨顽莽少年。

石桥曾叱虎，榕厦屡粘蝉。

拾粪侵晨露，挑柴对暮烟。
牧牛轻雾里，钓鳝浅溪边。
厌读常逃课，嬉游每近塽。
钟鸣师有训，脑醒志能悛。
黉门多报喜，乡党并称贤。
折节亲灯盏，习书守砚田。
县学欣登榜，茅檐叹乏钱。
赁居常负米，炊饭只加盐。
父病绳床卧，母劬垄亩旋。
艰难成砥砺，困顿盼腾迁。

强记添聪敏，多思善究研。
登场真玉立，开口若河悬。
会试终偿愿，申江待举帆。
光华旦复旦，景色鲜而鲜。①
六艺时精进，诸君各笑颜。
潘安容美甚，鲁宪室萧然。
眉聚松筠气，胸涵黼黻篇。
芸台人做蠹，梓里梦为鹃。
探赜求诗法，怡情奏管弦。②
歌吟随律转，绘画见人怜。

十载成嘉树，几番仗好泉。
移根来日下，结子在霜前。
岂意浪涛卷，翻为萍梗颠。
籍名归干校，汗血洒塍阡。
辗转回文苑，苍茫泛酒船。
编修承御旨，著述畏弓弦。
不惑心犹壮，逢春鬓尚玄。
播膏焚继晷，骏骥着先鞭。
手稿呈梨枣，剡藤贵洛瀍。③
从容协社政，温婉结群缘。④

底是峣峣者，讵参诺诺禅。
京尘渥衣素，市虎毁曾参。
薰蕕嗟莸茂，行方枉智圆。
辞章开局面，学术誉中天。
授业及车笠，推恩到属员。⑤
堪称英伟士，长记遂初谭。
解带椿萱奉，分羹莫逆牵。
平生绝售字，此夕竟忘筌。
巢覆同窗惨，波横世道翻。
输诚筹义款，代友置泯廛。

涸辙鱼重活，盐车马再痊。⑥
栖躯宁草舍，济世恋轩辕。
兰室存知己，槐厅仰谪仙。
集粪通款曲，调瑟坐留连。
唱和缄盈箧，招邀燕入帘。
偕遨南社句，共作郑家笺。⑦
事毕游苹渚，功成看柳绵。
挥毫常对客，设馔每开筵。
蜗宅宜滋蕙，牙轴最养廉。
双杯浮白堕，一枕落黑甜。

晚岁摹耆宿，孤云返旧轩。⑧
存真抒彩笔，证史泻琼璇。
李杜荆榛径，舟车步履还。⑨
发心贾余勇，投老陟层巅。
陇右青泥岭，淮南白兆岩。
匡庐雷电骤，散岭驿骊骞。
失道徂徕夜，惊魂湘浯澜。
芦关雄壮策，龙洞探深渊。⑩
渌坂秋阳艳，淙流秘境湮。⑪
披襟花石戍，辨迹绣林山。⑫

岘首论今世，阋乡没九原。⑬
丸封函谷寂，浦注陆浑偏。⑭
郓邑新区变，羌村旧貌延。
唐都巡胜概，汉颂赏崖镌。
五岳穷攀跻，三江尽溯沿。
荒途行筚路，湿耳执犁犍。
把袂头飞雪，观峰眼映莲。
杖筇八寒暑，伏案一枯繁。
乘筏渡溟渤，凌空放铁鸢。
蓬壶樱雨乱，澳岛雾虹骈。

观乐露西亚，闻莺美利坚。
冰洋临极昼，欧陆访庄园。
自谓前程远，焉知运命邅。
抚身谁复起，执手莫能言。
遗墨金辉灿，检书珠泪涟。
神随捉月客，姓在曲星编。
典范如嵩峻，风徽似海喧。
传经当裕后，朱旭照区寰。

二〇二一年四月二十日

注：

①古《卿云歌》：『卿云烂兮，糺缦缦兮。日月光华，旦复旦兮。』此复旦校名之由来。

②近两万字的本科毕业论文《古典诗歌艺术技法试论》，乃《诗法举隅》一书之雏形。

③《诗法举隅》《古诗哲理》问世。

④协社政，担任总编辑助理。

⑤曾在火车上教多位旅伴（包括素昧平生者）掌握诗词格律。

⑥『平生』八句：卖字筹款，为失房同窗购

置了八十多平的两居室，自住斗室五十二平。

⑦与宋红合作选注《南社诗选》。

⑧撰写《文林廿八宿师友风谊》。早年书斋名『孤云轩』。

⑨下述历时十年，与宋红联手二度考察李杜游踪事，各自撰成之考察记专著亦将行世。

⑩延安杜甫祠清人镌联：『清辉近接鄜州月，壮策长雄芦子关。』龙洞，即四川广元龙洞背，或为杜甫写《龙门阁》诗处。

⑪禄坂，四川盐亭县光禄坂，杜甫行处。

淙流，河南告成镇石淙河。石淙应制诗摩崖隐在人迹罕至的河谷中，摩崖书丹者是杜甫所关注的薛氏兄弟中的薛曜。

⑫两处亦杜甫经行地。花石戍位于湖南株洲境内；绣林山下乃湖北荆州石首旧港，杜甫发船处。

⑬河南阌乡旧县没于三门峡库区，湖北襄阳岘首山被另外指定。

⑭自清代浦起龙开始，杜甫陆浑庄位置一直被错会。

跋尾

生于天地始交之日（立夏），长于风云迭起之世。翰苑卅年，布衣一袭。神交汉魏之文，诗耽唐宋之体。砚田躬耕，貂裘腋集，因有『韵语』一编焉。

总角之年，初闻旧体诗讲求平仄声律，遂以所背诗词验之，以寻规矩。然不知平起、仄起之例，不懂拗救之法，不辨入声之变，不谙平水之韵，最终仍是一头雾水。直至高中毕业，辗转借得王力《汉语诗律学》，所有疑惑，迎刃而解。关于诗词格律之正格、别体、拗救、对仗、用韵，条分缕析，一目了然。当时想保留书中宝贵内容，只有一个办法：手抄。于是将这部九百页左右的大书抄录下来。因还书有期限，只好减省部分诗词例句，提纲挈领地抄，如此抄满三个笔记本。进入大学始知：汉语诗律学，乃是中文系汉语专业的一门课程。

恢复高考之年，当我从石油部机关修缮队

司机班考入北京大学中文系时，一份最有意义的礼物是同事兼文友馈赠的荣宝斋版《袖珍诗韵》，火柴盒般大小的绿色绫裱函套，烫金书名，里面是酱红色纸板书衣，拉开是宣纸经折装平水韵字，精致小巧，而且非常实用。以后很多年，这件心爱之物一直伴随左右。如今，网上誉为『极品』的这本小书已有千元身价，而朋友情谊一直被我什袭珍藏。

当年，中文系的汉语音韵学课程由周祖谟先生讲授，这是文学专业的选修课，班上有志于古典文学的几位同道得领名师謦欬。课上，周先生批评王安石的会意解字法曰：『王安石说「波者水之皮也」，那「滑」字呢？难道是「水之骨也」吗？』我以王安石式的强词夺理与邻座夏君晓虹耳语曰：『有何不可？「水之骨也」即是冰，冰不是很「滑」吗？』两人莞尔而笑。事后听说，周先生对文学专业选修生的课堂反应有更多嘉许，说看表情是真听懂了。回首当年，亲炙名师教诲，真是千金难买的奢华享受。

大学教育要求学习一门外语，英语课快慢分班，日语课零度起步。为扬长避短，唯选择日语。这歪打正着的选择，不仅成全我开启日本汉学之窗，亦使本人得以便利掌握派入平声的入声字。因为日语很完整地保留了汉语的中古语音，也就很完整地保留了入声。日语中尾音带つ、く、ち的汉字大半是入声，如发展的『发』尾音为つ，中国的『国』尾音为く，数字中的『一』『七』『八』尾音为ち，都是派入平声的入声字。这是学习日语的意外收获。

尽管『诗有别才，非关书也』，但系统的专业训练还是为旧体诗写作打下遣词造句与用典的基础，如此才能写出旧体诗的韵味。即《文心雕龙》所谓『操千曲而后晓声，观千剑而后识器』，蘅塘退士所谓『熟读唐诗三百首，不会作诗也会吟』，古人不吾欺也。

尽管是『余事作诗人』，但『作诗人』对所从事之古典文学编辑行当，以及自身的学术研究裨益良多。平仄对仗知识，是审稿中快速发现问题的利器，也是自己进行版本校勘、判字定字的利器。凡遇古人平仄不协、对仗不严的格律诗，首先考虑选注者笔误，其次考虑版本差误。尝有人持郑板桥联语相问，写作『删繁就简三秋树，标新立异二月花』。我说：『此下联有误，应作「领异标新二月花」。第一，我见过拓片，印象深刻；第二，「删繁就简」是平平仄仄，下联作仄仄平平才对得上，所以必定是「领异标新」。而且就「二月花」来说，「领异」比「立异」更加准确，更有力度。』窃以为：一个『平上去入，余病未能』

之人，评论他人格律作品，势必不能完全搔到痒处。

近些年，为考察谢灵运行迹，曾有江浙两省九地之游。为追步李白、杜甫游踪，与林东海先生有川、冀、湘、鄂、鲁、豫、苏、浙、皖、陕、甘、黔之游，历时八年，行走十二省，拍摄历史文物、古迹照片上万幅。在河南，北上济源王屋，南下南阳内乡，西经灵宝至陕西潼关，东过虞城入安徽砀山，沿连霍高速横穿全省；在湖南，踏查临湘、平江、岳阳、长沙、株洲、衡山、衡阳、耒阳、郴州等地直至广东韶关，溯湘江纵贯全省。也曾漫游海外异域，得沐欧风美雨。江山胜概，足壮心魂，形诸吟咏，沾溉笔端。正所谓『诗思在灞桥风雪中驴子背上』也。

『文章千古事，得失寸心知。』检点诗囊，感觉自己长于五律、长于纪实，少有风流日丽的语词和瘦硬生新的比喻，今后或当于短板处用力。

小诗刊诸博客，旨在自娱，无意结集。承

蒙新疆师范大学原副校长薛天纬先生举荐，中国人民大学老校长纪宝成先生一手促成的、由『纪宝成国学教育基金』支持的《敬斋当代古典体诗词丛刊》慨允附骥，才有这部记录心路历程与雪泥鸿爪的自选集。感谢两位老校长青眼邀约！感谢生命中发生交集的每一位师长、朋友、亲人！

诗集名《天然韵语》，以李白有诗曰『清水出芙蓉，天然去雕饰』，故以『天然』名书斋也。

补识

诗集初编于二〇一五年，林东海先生赐序亦署『乙未』，而今却顾，已然过去七年，东海先生已于二〇二〇年仙逝，重读序文，不胜唏嘘。蒙岳麓书社不弃，得以完善诗选，故遴选二〇一五年之后诗作之精要缀后，并以挽林东海先生之诗作结，以敬贤哲。

宋红

二〇一五年六月草成于北京天然斋

二〇二二年补识于通州香溪郡

图书在版编目（CIP）数据

天然韵语 / 宋红著 . —长沙：岳麓书社，2023.12
ISBN 978-7-5538-2003-3

Ⅰ . ①天…　Ⅱ . ①宋…　Ⅲ . ①诗词—作品集—中国—当代 Ⅳ . ① I227

中国国家版本馆 CIP 数据核字（2023）第 240222 号

TIANRAN YUNYU
天然韵语
宋　红　著
责任编辑：刘书乔　冯　琪　田　丹
责任校对：舒　舍
封面设计：风格八号

岳麓书社出版发行
地址：湖南省长沙市爱民路 47 号
邮编：410006

版次：2023 年 12 月第 1 版
印次：2023 年 12 月第 1 次印刷
开本：640mm × 960mm　1/16
印张：40. 25
字数：142 千字
书号：ISBN 978-7-5538-2003-3
定价：128. 00 元

承印：长沙市雅高彩印有限公司

如有印装质量问题，请与本社印务部联系
电话：0731-88884129